Peter Kaufhold - Traumäpfel

AF239162

PETER KAUFHOLD

TRAUMÄPFEL

ROMAN

EDITION FAIRBANKS - ESCHHOLTZ

2. Ausgabe September 2001
Eschholtz Verlag
www.eschholtz.de
Copyright © 2001 by Peter Kaufhold
Alle Rechte vorbehalten
Herstellung: Books on Demand GmbH
Made in Germany
ISBN 3-8311-1505-2

Für Ulrike

Ein heller Schweif blitzte durchs All, ein zweiter folgte ihm, glitzernd wie Kometenstaub. Zwei Lichtgestalten, so hell und so alt wie die Sterne, sahen hinab auf die blaue Erde. Uriel, der ältere, schüttelte ungläubig den Kopf.

»Schau sie dir an, Michael, die Menschen, was sie treiben, wie sie leben. Was soll aus ihnen werden? In allem was sie tun, übertreiben sie.« Er öffnete den Blick in das große Haus einer Stadt. »Sieh, wie sie stempeln, ihre heiligen Akten wälzen, wie sie jeden Tag das gleiche tun.«

»In der Tat«, nickte Michael. »Und wie sie ihren Mitmenschen nacheifern und sie gleichzeitig verachten. Hör nur, wie sie sich gegenseitig nach dem Mund reden, obwohl sie in Wahrheit anders denken, und schau, wie wichtig ihnen die Meinung der anderen ist.«

»Und alle haben von sich selbst die beste Meinung, diese Heuchler, diese Streithähne. Was hat sich der Boss nur dabei gedacht, als er sie werden ließ?«

Michael zupfte an seinem langen, weißen Bart. »Ich weiß auch nicht, trotz allem ist er ganz vernarrt in sie, jedenfalls in einige von ihnen.«

»Ach«, seufzte Uriel. »Und sieh, wie leblos manche bereits sind, wie festgefahren in Konventionen und Regeln. Erstarrt sind sie, außerdem raffgierig, intolerant und ohne Liebe!«

»Ja, wie verzogene Kinder und doch nicht wie Kinder.«

»Aber wie können wir ihnen helfen, Michael? Der Boss meint ja, dass einige von ihnen seiner Hilfe wert sind. Sieh zum Beispiel den Siebzehnjährigen dort drüben. Ich denke, er ist auf der Suche nach dem richtigen Weg. Man müßte ihn nur ein wenig in die richtige Richtung schubsen - und auch die anderen, die so sind oder so sein werden wie er. Schau mal dahinten - in der Zukunft, da ist was im Gange. Da ändert sich etwas. Sie haben unsere Hilfe entdeckt.«

»Von welcher Hilfe sprichst du?« fragte Michael, indem

er ebenfalls in ferne Zeiten blickte. »Oh ja, das ist eine prima Idee, die ich da hatte. Jetzt muß ich nur noch rasch dafür sorgen, dass sie wahr wird.« Er schmunzelte. »Ist schon eine seltsame Sache mit der Zeit, die sich der Boss da ausgedacht hat. Obwohl ich nun schon eine Ewigkeit bin, erstaunt mich doch immer wieder diese Fülle von Möglichkeiten und Verwicklungen. Ursache und Wirkung: Pah! Nur eine Phantasie der Menschen.«

Kaum hatte er den Satz beendet, entschwand er als leuchtender Schweif in Richtung des großen Sternennebels und war, noch ehe Uriel ihn hatte davonfliegen sehen, wieder zurück mit einem großen Korb schimmernder Traumäpfel.

»Nun denn!« rief er, dass die Leere des Raums erzitterte, und schleuderte die Früchte in Richtung Erde, wo sie hell wie Sternschnuppen zu Millionen und aber Millionen in die Atmosphäre eintraten, dass es nur so glitzerte und glimmerte. Überall landeten die Traumäpfel: in Häusern, Gärten, in Schubladen, Klassenzimmern, Turnhallen und auf Bäumen. Hell und klar lagen sie dort, aber für die Menschen unsichtbar.

Uriel war zufrieden. »Das ist gut«, sprach er. »Nun können sie danach suchen. Und viele werden sie finden und ein besseres Leben haben.«

»Sieh nur«, sagte Michael, während er nochmals in die Zukunft schaute, »der Junge von vorhin hat schon einen gefunden, und er hat einen echten Apfel daraus gemacht, dieser Schelm.«

»Tatsächlich. Und guck mal, welch schöne Lebensgeschichte daraus wird. Hättest du das gedacht?«

»Oh ja, das ist schön. Da möchte man auch noch mal zwanzig sein.«

»...und ein Mensch?« fragte Uriel schmunzelnd.

Michael schüttelte sich. »Nur das nicht!«

1. KAPITEL

»Tschüss, Mutti!«

»Ja, tschüss, aber bitte sei heute pünktlich zum Mittagessen, Jahn! Geh nicht erst wieder mit zu deinen Freunden. Hörst du!?«

»Okay, Mutti! Ich versprech's!« Die Küchentür schlug, und bald war Jahn um die Ecke verschwunden. Bis zum Unterrichtsbeginn blieben ihm noch siebzehn Minuten, Zeit genug, um diesen Morgen zu genießen. Oh Mann, war der Himmel blau. Das würde ein heißer Tag werden, und am Nachmittag läge er dann bei verschärfter Musik mit Gabi im Freibad und würde mit ihr schmusen. Und alle anderen wären auch da.

Fröhlich schritt er über den rotaschernen Bürgersteig, vorbei an den noch vom Wald beschatteten Eigenheimen und bald an den langen Zechenhäusern, deren Ziegeldächer schon hell in der Sonne brannten. Gabi war wirklich ein tolles Mädchen. Hübsch war sie und für alles zu begeistern, was irgendwie aus dem Rahmen fiel. Erst letzte Woche hatten sie sich zusammen einen Traumapfel geholt und geteilt; das war ziemlich verrückt, aber auch ebenso spannend und schön gewesen: mitten in der Nacht bei wildfremden Menschen zu klingeln. Im ersten Haus hatten die Leute sauer reagiert und sie in den Pfeffer gewünscht, doch im nächsten hatte es geklappt. Den Apfel in Händen waren sie dann lachend aus dem Haus gerannt, und Gabi hatte ihn auf die Wange geküsst und gesagt: ›Du bist ganz schön ausgeflippt, aber es war toll.‹

›Man muss doch was unternehmen‹, hatte er geantwortet, ›sonst ist das Leben langweilig. Nur wer Ideen hat, lebt wirklich.‹ Und in diesem Moment hatte er gespürt, dass er sie wirklich gern hatte. Mit ihr war es ganz anders als mit all den Mädchen zuvor; die Beziehung mit ihr berührte ihn, drang irgendwie ganz tief in ihn ein. - Bald würden sie noch mehr aufregende Dinge tun. Mit ihr würde er sogar eine Familie gründen, falls er jemals im Leben auf diese verrückte Idee käme. Er knipste seinen Walkman an, bog in die Straße zur Schule ein und machte irre Verrenkungen. Ein Stück voraus, im Schatten der mächtigen Buche vor dem Parkplatz, umarmte eine Blondine ihren Freund; sie küssten sich. Von hinten ähnelte sie seinem Mädchen. Wie gern hätte er jetzt Gabi geküsst.

»He, ihr beiden«, lachte er im Vorbeigehen, »passt auf, sonst wachst ihr noch zusammen.«

Das Mädchen fuhr herum; erschrocken blickte sie ihn an. »Jahn!«

»Gabi! - Was machst du denn da?! Was soll das?!« Jahn schoss es heiß in den Kopf. Das konnte doch nicht wahr sein!

Gabi war rot geworden. »Jahn - es tut mit leid, dass du es so erfahren musst.«

»Oh Mann! So ein Mist!« schrie er, ohne den Nebenbuhler zu beachten. »Und ich dachte, aus uns wird noch mal was! Aber ich bin dir wohl nicht mehr gut genug!«

»Jahn, beruhige dich. Ich kann doch nichts dafür. Ich hab' mich Hals über Kopf verliebt. Ich konnte nichts dagegen tun.« Sie zuckte die Achseln. »Es tut mir ehrlich leid, Jahn.«

»Pah, fahr doch zur Hölle, du Schlampe! Hätte ich das geahnt, hätte ich den Apfel nicht mit dir geteilt! Du wusstest, was er bedeutet, aber wie ich sehe, war alles nur Spiel für dich! Wie konnte ich nur so blöd sein?! Weißt du eigentlich, dass ich dir, seit wir zusammen sind, absolut treu war?! Tausend Mädchen hätte ich nebenbei haben können, wenn ich gewollt hätte. Aber ich hab's nicht gemacht, weil ich dachte, wir lieben uns. Ach, verdammt! Erzähle mir noch mal einer was von Liebe! Werde doch glücklich mit deinem Romeo! Heirate ihn und werde dick und fett und hässlich!«

»Du bist gemein, Jahn!«

»Rutsch mir doch den Buckel herunter! So eine wie du kann mir gestohlen bleiben!«

Jahns Augen brannten in kaltem Feuer; den Blick ins Leere gerichtet, stampfte er auf den Schulhof; er kämpfte mit den Tränen. Wie schön hatte er sich alles vorgestellt. Richtig lieb hatte er sie gehabt, und jetzt betrog sie ihn mit einem anderen. - Gerade läutete es zum Unterricht. Heute sollte ihm nur einer querkommen.

Auf dem Lehrerpult saß Jahns bester Freund, Udo Heckmann, mit einer neuen Nickelbrille auf der Nase. »He, Alter«, rief er, als Jahn die Klasse betrat, »heute Nachmittag im Freibad?! Wir sind alle da! Gerd bringt einen Kasten Bier mit, und gute Musik haben wir auch!«

Jahn blickte ihn finster an. »Ach, lass mich in Ruhe!« Er kauerte sich auf seinen Platz, legte die Ellenbogen auf die Bank und vergrub die Hände in seinen schwarzen Locken.

Udo ging zu ihm und nahm ihn bei den Schultern. »He, Mann, was ist denn los mit dir? Sitzt dir 'n Furz quer?«

»Mensch, geh mir nicht auf den Keks«, brummte Jahn, indem er sich losschüttelte.

Udo sah hinüber zu Gerd, einem großen, schlacksigen Blondschopf. »Meine Güte, ist der mies drauf.«

»Lass ihn erst mal«, sagte Gerd. In diesem Moment betrat der Biologielehrer die Klasse, legte seine Tasche aufs Pult, knöpfte sich die Jacke auf und wartete auf Ruhe.

»Einen wunderschönen guten Morgen wünsche ich Ihnen«, sprach er und lachte.

»Morgen!« kam es zurück.

»Wo waren wir in der letzten Stunde stehengeblieben? - Ach ja, wir hatten über das menschliche Paarbindungsverhalten im Zusammenhang mit den optischen Reizen gesprochen. Nun, wer kann mir darüber etwas sagen?« Er blickte in die Runde. »Hoffmann, Sie sehen aus, als könnten Sie eine kleine Aufmunterung gebrauchen. Also, dann erzählen Sie mal.«

Jahn sah nur kurz auf. »Ist doch alles Beschiss«, sagte er.

Der Lehrer stutzte. »Ist das alles, was Sie darüber wissen?!« - Leises Kichern im Raum - Er spürte, dass mit Jahn etwas nicht stimmte. »Nun gut, Hoffmann, in Ihren Augen ist also alles, was mit der Paarbindung zusammenhängt Beschiss, um mich mal mit Ihren Worten auszudrücken. Und wieso?«

»Weil es eben alles Beschiss ist!« fuhr Jahn hoch. »Die Paarbindung dient der Fortpflanzung, der Erhaltung unserer Spezies, und das ist alles. Mit Liebe hat sie überhaupt nichts zu tun. Das ist nur eine Täuschung. Sobald die optischen Reize eines Partners von denen eines anderen übertroffen werden, ist alle Liebe dahin. Verdammt! Und deshalb will ich von dem ganzen Mist nichts mehr hören!«

Der Lehrer, dem die Verblüffung im Gesicht stand, musste schlucken, blieb aber gefasst. »Nun gut, Hoffmann«, sprach er. »In Ihren Augen ist die Liebe ein Betrug, von der Natur eingefädelt, um die Art zu erhalten. Darauf zielte meine Frage zwar nicht ab, aber gehen wir einmal davon aus, das, was Sie sagen, träfe zu. Ständen wir dann nicht mit den Tieren auf einer Stufe? Was unterschiede uns dann noch von den Kaninchen?«

»Ein Kaninchen vollzieht den Geschlechtsakt wesentlich schneller als der Mensch und braucht nicht für die Folgen aufzukommen«, erwiderte Jahn zynisch.

Allgemeines Gelächter.

»Ich sehe, Hoffmann, mit Ihnen ist heute nicht zu reden. Wir werden uns morgen darüber unterhalten.«

Nachdem es zum Schluss der Stunde geläutet hatte, trat Stefanie zu Jahn; sie war mit ihren langen, dunkelblonden Haaren und den großen, wachen Augen das hübscheste, aber auch das stillste und konservativste Mädchen der Klasse. Jahn mochte sie, doch seit sie ihn vor einem Jahr, als er sein Glück bei ihr versuchen wollte, in aller Freundschaft hatte abblitzen lassen, war ihr Verhältnis zueinander ein wenig abgekühlt. Sie tippte ihm auf die Schulter und lächelte. Er drehte sich um. »Was ist? Was willst du?«

Ihr Blick wurde unsicher. »Ich wollte dich nur fragen, ob du dich gleich während der Mathe-Arbeit neben mich setzt. Du weißt doch, dass ich kein Mathe kann.«

Jahn, der in diesem Moment alle Frauen der Welt hasste, blickte grimmig. »Schreib deine Mathe-Arbeit allein, du Ziege. Ich lass mich nicht mehr ausnutzen«, zischte er, dass alle es hörten und Stefanie vor Erregung rot wurde.

»Jahn Hoffmann«, erwiderte sie gekränkt, »was bist du doch für ein fieser Mop! Und ich habe mal gedacht, du wärst in Ordnung! Kein Wunder, dass deine Freundin sich einen anderen gesucht hat. Ja, da staunst du was? Ich habe nämlich alles gesehen, als ich heute früh die Straße entlang kam.«

»Verzieh dich, du Biest. Ich hoffe, du verhaust deine Mathe-Arbeit!«

»Dazu brauche ich wohl nicht die guten Wünsche eines Jahn Hoffmann, eines Mieslings von der miesesten Sorte!«

»Ach, halt doch die Klappe!« Jahn war dem Heulen nahe; jetzt wusste zu allem Übel auch noch die ganze Klasse von der Sache.

»He! Nun regt euch mal beide ab!« rief Rudi. »Was ist denn bloß los heute?!«

Auf dem Schulhof scharten sich die Kameraden um Jahn.

»He, Jahn«, sagte Gerd, »mach dir nichts draus. Im Handumdrehen hast du eine Neue.«

»Na klar«, meinte Rudi und klopfte ihm auf die Schulter. »Heute Nachmittag im Freibad laufen genug Frauen herum. Da brauchst du dir nur eine auszusuchen. Hat doch keinen Sinn, der ganze Liebeskummer.«

»Ihr habt ja recht«, erwiderte Jahn, indem er den Kopf senkte, »aber trotzdem ist so was ganz schön hart.«

»Na sicher«, gab Udo zu, »kennen wir doch alles. Weißt du noch, als ich mit Anna Schluss hatte? Mensch, da war ich vielleicht mit den Nerven fertig. Ich hätte die ganze Welt in die Luft sprengen können. Aber jetzt sehe ich das nur noch locker: heute die, und morgen schon wieder 'ne andere.«

Jahn zwang sich zu einem Lächeln. »Genau!« sagte er gekünstelt fröhlich. »Von heute an machen wir's wie die Bienen: überall kurz naschen und wieder abschwirren!«

Dann leisteten sie einen heiligen Männerschwur, marschierten geschlossen über den Schulhof und klopften Sprüche. Jahn, der alles tat, um nicht an Gabi zu denken, ließ sich mittreiben, wobei er manchmal das Gefühl hatte, er befinde sich mitten in einem bösen Traum. Nach einer Weile kam Monika auf ihn zu.

»Du, Jahn«, rief sie. »Sag mal, warum hast du Stefanie eigentlich so mies behandelt? Das war aber nicht nett. Sie hat dir doch gar nichts getan.«

Ein wenig schuldbewusst sah er sie an, und gerade wollten ihm ein paar nette Worte über die Lippen kommen, die sie Stefanie ausrichten sollte, als erneut der Groll in ihm aufkam. »Ach, sie soll mich in Ruhe lassen. Sie ist eine krumme Zicke, weiter nichts.«

»Na, wenn du meinst. Mach nur so weiter.« Ärgerlich ging sie davon.

Nach der Schule, als Jahn zu Hause ankam, stellte er nur kurz seine Tasche in die Küche und ging dann wieder hinaus.

»Wo willst du denn hin?!« rief ihm die Mutter nach. »Es gibt gleich Essen!«

»Ich hab' heute keinen Hunger.«

»Warte mal, Jahn!« rief sie, indem sie sich die Hände an der Schürze abwischte und ihm auf den Hof folgte. Dort nahm sie ihn bei den Schultern und blickte ihm ins Gesicht. »Sag, was ist denn heute los mit dir? Irgend etwas bedrückt dich doch.«

Jahn drehte sich weg. »Ach, im Moment ist alles Mist.

Ich will jetzt allein sein«, erwiderte er, wand sich aus ihrem Griff und ließ sie stehen. - Er ging in den Wald vor dem Haus, durch das raschelnde Laub, bis zu einer kleinen Lichtung, wo er sich seufzend auf einem Baumstumpf setzte. Eine Weile starrte er reglos in die besonnten Himbeersträucher und Farne, lauschte den Vögeln - dann kamen ihm die Tränen. Vielleicht war es kindisch zu weinen, aber er konnte nicht anders. Hier hörte ihn ja niemand. »So ein Scheißtag!« fluchte er bitter. »So ein Scheißleben!« Sie hatte sich einfach einen anderen genommen, nach vier Wochen - jetzt, als es gerade anfing, richtig schön zu werden! Was hatte er denn falsch gemacht? Sie hatte ihm doch gesagt, dass sie ihn liebte und wie toll sie ihn fände. Aber ein Strohfeuer war es, weiter nichts! Gestohlen bleiben konnte sie ihm! - Oder sollte er vielleicht doch noch einmal mit ihr reden, in aller Ruhe? - Womöglich überlegte sie es sich noch und käme zu ihm zurück. - Ach nein, wahrscheinlich war es zwecklos. Sie hatte sich anders entschieden. - Gab es überhaupt Frauen, die einem für immer treu waren und mit denen man ein Leben lang glücklich sein konnte? Er wusste es nicht. Was war das überhaupt: Liebe? Man redete andauernd von ihr, sagte: ›Ich liebe dich.‹ So leicht sprach sich dieses Wort, doch meistens steckte nichts dahinter. Auch seine Eltern redeten leere Worte - wenn der Vater die Mutter ›Schatz‹ nannte. Meinte er das noch wirklich? War nicht alles, was sie zueinander sagten im Laufe der Zeit hohl, zur bloßen Gewohnheit geworden? Wenn er nachmittags von der Arbeit kam, gab er ihr nur einen flüchtigen Kuss auf die Wange: ›Hallo, Schatz.‹ Aber nie nahmen sie sich richtig in den Arm, so wie früher, als er noch klein war. Mag sein, dass sie sich damals richtig lieb hatten. Heute dagegen sprachen sie kaum noch miteinander, saßen nur herum - der eine hier, der andere dort, und wenn nicht, dann stritten sie, oder hatten an ihm oder seiner Schwester Anne etwas auszusetzen. Überhaupt lief alles in steifen, geordneten Bahnen ab. Und sie ließen nichts zu, was diesen Rahmen sprengte und unternahmen auch selbst nichts. - War das alles, was das Leben zu bieten hatte? - Nein, so wollte er nicht werden. Lieber würde er niemals heiraten. - Er zündete sich eine Zigarette an. - Aber es musste doch auch andere Möglichkeiten geben. Mit Gabi hatte er geglaubt, die Richtige gefunden zu haben; er hatte ihr von seinen Gedanken erzählt, davon, wie er sich sein Leben vorstellte. Und sie war begeistert gewesen und hatte ihm gesagt, dies sei ein guter Weg. - Er seufzte. - Der Weg war gut, nach wie vor - nur Gabi war nicht diejenige, mit der er ihn gehen würde, das war jetzt klar. Er musste sie vergessen; er musste hart sein; es ging nicht anders. Vielleicht würde er nie jemanden finden, der zu ihm passte, vielleicht nie so leben wie er es sich wünschte - doch vielleicht war die einzige Chance, das herauszufinden, auch die, es immer wieder zu versuchen.

Im Freibad brütete die Sonne. Dort drüben stand reglos der Buchenhain, dahinter flimmerten im fernen Dunst graublass die Seilscheiben der Zeche, und von der großen Liegewiese aus, die voll Menschen und vergnügter Stimmen war, sah man über dichten Quittensträuchern den Sprungturm aufragen. Es ging kein Wind, nur hin und wieder ein schwacher Schauer durch Gras und Gänseblümchen. Jahn lag mit einer Flasche Bier zwischen den Jungen und Mädchen seiner Klasse, hatte den Kopfhörer auf und lauschte der Musik aus dem Walkman: Blood, Sweat and Tears. Auf dem Weg hierher war er Gabi begegnet; für einen Moment hatte er geschwankt, ob er sie ansprechen sollte, doch dann war er einfach weitergegangen. Sie war eine untreue Seele, hatte ihn im Stich gelassen! Verdammt! Und wegen ihr hatte er in der Schule so einen Ärger gemacht. Dass er Stefanie so angefahren hatte, war fies von ihm gewesen. Sie war ein anständiges Mädchen und hatte solch eine Behandlung sicher nicht verdient. Im Grunde war sie auch zwei Klassen besser als Gabi, aber bei ihr hatte er wohl keine Chance. - Er beobachtete sie aus den

16

Augenwinkeln heraus; sein Blick lief über ihre Schenkel, über ihren glatten Bauch, zwischen ihren Brüsten hindurch zu ihrem Gesicht. Sie löste gerade die Schleifen an ihrem schwarzen Bikini und band sie fester, stand dann auf und ging zum Becken. Einige der anderen liefen ihr nach.

»Kommst du auch mit ins Wasser, Jahn?« fragte Udo, indem er seine Brille absetzte und sich mit der Hand durch die rötlichdunklen Haare fuhr.

»Okay. Los geht's!«

Jahn saß auf einem Startblock; er wollte eine gute Gelegenheit abpassen, um sich bei Stefanie zu entschuldigen; das war das mindeste, was er tun musste. - Sie stand oben auf dem Dreimeter-Brett; schlank und schön schritt sie nach vorn. Wie es wohl mit ihr geworden wäre, wenn sie damals Ja gesagt hätte? - Jetzt hob sie die Arme und sprang. Schnell glitt er ins Wasser; er tauchte - er sah, wie sie zur Oberfläche schwamm. Direkt vor ihrer Nase kam er hoch.

»Ach du bist es«, bemerkte sie abweisend.

Jahn schluckte. »Du, Stefanie, warte mal. - Ich möchte mich bei dir entschuldigen. Es tut mir ehrlich leid; es war alles nicht so gemeint.«

»Ach, jetzt kommst du auf einmal an. Und heute Morgen machst du mich für nichts und wieder nichts vor der ganzen Klasse zur Sau! Und als Monika dich darauf ansprach, hast du mich eine krumme Zicke genannt.« Sie wandte sich ab.

»Na gut, dann eben nicht, Fräulein Grünewald«, sagte er ärgerlich und schwamm in die andere Richtung. »Wie man's macht, macht man's verkehrt. Die können mich doch alle mal, die Frauen. Ich hab' mich entschuldigt! Mehr kann sie nicht verlangen!«

Als er zur Decke zurückkehrte, saß Stefanie da und flirtete mit Bert, dem größten Angeber der Klasse, und dies obwohl sie seine Nähe gewöhnlich eher mied als suchte. Ab und an lachte sie betont fröhlich auf und schien sich sehr wohlzufühlen in ihrer Rolle. Jahn sah zu ihr hinüber, in der geheimen Hoffnung auf einen versöhnenden Blick; er wollte den Streit beenden, doch immer, wenn sie den Kopf drehte, wandte er sich schnell ab. Am Ende glaubte sie noch, er wolle etwas von ihr. Ach, eigentlich war es ihm auch egal. Er wollte vergessen, wollte endlich wieder atmen. Er nahm sein Bier und ging zum Schwimmbecken, setzte sich dort auf eine Bank und beobachtete die Springer auf dem Turm. Udo kam und gesellte sich zu ihm. »Jahn, schau mal dahinten«, sagte er. Dann rief er schnell die anderen von der Wiese herbei.

Von weitem sahen sie Ede Goschalla, der zwar schon ein Mann war, sich aber von dem Gebaren eines Halbstarken noch nicht zu trennen vermochte. Er war ein lebendes Relikt aus der 'Rüpel- und Knüppelzeit', ein Veteran, noch immer jung und stramm. Mit steifem Hals und geschwollener Brust schritt er, um sich blickend, am Beckenrand entlang. Seine lange, blonde Mähne war nach hinten gekämmt, und in seiner schwarzen Badehose steckte seitlich ein Alu-Kamm, den er, solange Jahn und Udo ihn kannten, im Freibad stets bei sich trug. Im Vorbeigehen ließ er lässig sein Handtuch von der Schulter auf eine Bank gleiten und bestieg zum Warmwerden das Einmeter-Brett. Von jeher war er es gewöhnt, vor Publikum eine gute Figur zu machen. Er trat bis vorn an das Ende und konzentrierte sich, ging kurz in die Hocke, spannte die Muskeln und begann langsam zu federn. Immer höher sprang er, bis er den Leuten auf der Fünfmeter-Plattform fast in die Augen schauen konnte. Dann sauste er in hohem Bogen vom Brett, drehte einen Salto und brachte mit einer mordsmäßigen Arschbombe die Wasserfläche zum Platzen. Er tauchte gleich bis zur Leiter durch, zog sich dynamisch aus dem Wasser, warf mit ruckartiger Kopfbewegung seine noch triefende Mähne zurück und hatte sie, bevor er noch ganz oben war, einhändig mit dem Alu-Kamm gestrählt. Er schritt jetzt auf den Turm zu. Es war die Stunde der harten Könner. Bald stand er ganz oben an das Geländer gelehnt und ließ den

Blick schweifen. Viele Leute beobachteten ihn. Goschalla war wegen seiner Kunstsprünge bekannt. Er holte tief Luft, zog den Kamm und legte seine Haare gerade. Fast war es wie in alten Zeiten, da alle Mädchen ihn vergötterten und zu ihm aufschauten, wenn er dort oben stand und er und seine Kumpel einer nach dem anderen sprangen und mit Getöse ins Wasser schlugen, dass sogar der Bademeister nass wurde. Von den anderen kam heute niemand mehr, und auch er war bereits verheiratet und Vater von zwei Kindern, doch hier zählte das nicht; es war unwichtig und brauchte auch niemand zu wissen. Er war immer noch der alte Ede und zu ungeahnten Taten fähig, gehörte immer noch zur 'Freibad-Elite'. Verwegen blickte er in die Sonne, dann schritt er zur Absprungkante, konzentrierte sich und erzeugte Spannung, wobei er sich durch unbemerktes Schielen zur Seite vergewisserte, ob auch genügend Leute zuschauten. Er kehrte um und maß die Länge der Anlaufbahn. Dann streckte er die Arme empor und rannte los und sprang ab mit mächtigem Satz, wirbelte mit eleganter Schraube die Luft auf, fuhr herum wie eine gespannte Uhrfeder und klatschte mit lautem Schrei ins Wasser.

»Alle Achtung«, staunte Monika, »der Junge zieht ja eine echte Riesenschau ab.«

Auch Jahn hatte ihn genau beobachtet, wie er es seit Jahren tat, wenn er Goschalla im Freibad sah. Früher, als kleiner Junge, hatte er diesen Burschen bewundert und sich oft gewünscht, an seiner Stelle zu sein; da war Goschalla ihm als eine Art Held, als das Bild von Mann schlechthin erschienen. Doch mit jedem Sommer, der seitdem vergangen war, hatte dieses Bild an Farbkraft verloren. Er selbst war inzwischen ein anderer geworden, sah vieles kritischer als damals, nur Goschalla schien in der Zeit stehengeblieben. Zwar verachtete er ihn deswegen nicht, denn vom Vater wusste er, dass man niemanden wegen seines Wesens oder seiner sozialen Stellung geringschätzen darf, aber er bewunderte ihn auch nicht mehr. Für ihn war Goschalla einfach zum Sinnbild für das Unbewegliche geworden, für all das, was das Leben starr und fade machte und was er in Zukunft vermeiden wollte. Leben bedeutete Entwicklung, und die gab es bei ihm nicht; er war der ewig Gleiche. Dennoch mochte er ihn; Goschalla gehörte einfach dazu, so dass ein Freibadsommer ohne ihn undenkbar gewesen wäre. Als er kam, um sich abzutrocknen, grüßte ihn Udo: »Hallo, Ede! Wie geht's?«

Ede nahm sein Handtuch und erwiderte im Vorbeigehen: »Mir geht's gut, aber deinem Bruder wird es schlecht gehen, wenn er sich nicht bald bei mir meldet. Sag ihm, er soll mir bis übermorgen zweihundert Mark vorbeibringen. Dann ist die Sache vergessen.«

»Mach' ich, Ede!«

»Was hat der denn mit deinem Bruder zu schaffen?« fragte Gerd.

»Tja, ich schätze, Ede hat allen Grund, auf meinen Bruder sauer zu sein.«

»Wieso denn?« wollte Stefanie wissen.

»Mein Bruder hat Ede ein Auto verkauft, einen alten Daimler. Er hat ihm die Kiste auf den Hof geschleppt und gesagt, sie sei top in Ordnung, nur sei kein Sprit im Tank und mit Vergaser und Zündung würde was nicht stimmen. Ede war schon länger scharf auf den Wagen, gab meinem Bruder das Geld und fing gleich mit der Reparatur an. Ich war den ganzen Nachmittag bei ihm und hab' zugesehen. Er konnte es gar nicht abwarten, den Schlitten endlich zu fahren. Zuerst hat er einem Kanister Benzin in den Tank gekippt. Dann hat er an der Zündung gefummelt und den Vergaser eingestellt. Das ging ziemlich fix. Er hatte die Teile auseinander und wieder zusammen, noch ehe ich zwei Flaschen Bier trinken konnte. Schließlich lief der Motor einwandfrei, und Ede war ganz aus dem Häuschen vor Glück. Er sprang auf den Fahrersitz, legte den ersten Gang ein, und auf einmal heulte der Motor auf. Doch der Wagen rührte sich nicht von der Stelle. Ede guckte ziemlich verblüfft. Dann probierte er es mit dem zweiten Gang und ließ die Kupplung kommen. Da wäre ihm der Motor beinahe um die Ohren geflogen. Oh, Mann! Ede hat mich angestarrt, als sei er verhext. Er bekam den Mund gar nicht mehr zu. Er nahm den dritten Gang. Wieder das gleiche Spiel. Ich dachte, der explodiert jeden Moment. Dann stieg er ganz langsam aus, mit so einem ahnungsvollen Funkeln in den Augen, kroch halb unter den Wagen, und dann ist er fast verrückt geworden. ›Ich dreh' deinem Bruder den Hals um! So eine verdammte Sauerei!‹ schreit er auf einmal, und ich frage: ›Wieso, was ist denn, Ede?‹ Er sagt: ›Ja guck doch mal selbst! Siehst du da vielleicht irgendwo 'ne Kardanwelle?!‹ Ede war fertig, sag' ich euch.«

»Ha! Ha! Ich werd' nicht mehr!« brüllte Gerd, und plötzlich lachten alle. Von so einem Schelmenstück hatten sie ja noch nie gehört. Selbst Jahn schüttelte sich und vergaß dabei seinen Kummer. In den folgenden Stunden war er wieder ganz der Alte, nur dass Stefanie ihn nicht beachtete, wurmte ihn ein wenig. Eigentlich hätte es ihm egal sein müssen, aber irgendwie war es das nicht. Er wusste nicht warum. Vor dem Streit heute Morgen war sie ihm doch gleichgültig gewesen, zumindest seit dem Tag, als sie ihn hatte abblitzen lassen. - Ach was! War sowieso ein blödsinniger Gedanke! Nur keine neuen Geschichten mehr!

Gegen Abend schlenderten sie gemeinsam der Innenstadt zu; währenddessen hielt sich Jahn, obwohl mit Udo im Gespräch, immer in Stefanies Nähe und versuchte sie durch laute Bemerkungen und kurze Seitenblicke in die Unterhaltung einzubeziehen. Doch Stefanie blieb unbeteiligt, flachste dafür lieber mit Monika.

Als sie die Fußgängerzone erreichten, setzten sie sich in ein nettes Straßencafé zwischen Fachwerkhäusern. Bewegung und frische Luft hatten sie ein wenig müde gemacht, aber auch zufrieden. Die Baumkronen glühten warmgrün in der Abendsonne, und eine stille Freude lag in der Luft;

es war die Sommerfreude, die über allem lag und sich auch in den Gesichtern der Passanten widerspiegelte. Jahn trank seinen Kaffee; er lauschte dem Gespräch.

»Was machst du eigentlich in den Ferien, Udo?« fragte Rudi, während er sein Kaugummi unter den Tisch klebte.

»Hiiiiihh, Rudi, du Schwein«, ekelte sich Monika. Rudi lachte und schaute zu Udo.

»Ich fahr mit Gerd an die Riviera. Meine Eltern haben da ein Haus. Echt tolle Gegend, und super Bräute rennen da herum.«

Stefanie grinste verächtlich. »Das ist ja auch das Wichtigste für euch, was? Die Superbräute.«

»Na klar, ohne Frauen ist so ein Urlaub doch nichts.«

Monika zwinkerte Annette zu. »Na, dort wo wir hinfahren, laufen auch nur Superkerle durch die Gegend. Das heißt, sie laufen gar nicht; sie fahren alle tolle Sportwagen und sind dazu noch geistreich und nett - nicht wahr, Annette?!«

»Na, was denn sonst - wir lassen uns nur mit Superkerlen ein!«

Udo tat, als habe er diese ironische Bemerkung überhört und wollte gerade das Thema wechseln, als Jahn ihn fragte: »Hättet ihr noch Platz für einen Dritten?«

»Natürlich! Mensch, komm doch mit! Wir kriegen einen günstigen Charterflug. Was meinst du, was das für eine Schau wird.«

Jahn überlegte kurz. »Okay, also abgemacht. Ich muss nur noch sehen, dass ich das Geld für den Flug bekomme.«

Stefanie, hatte ihn, als er dies sagte, nur mitleidig angesehen, was ihm nicht entgangen war. Jetzt klopfte er Sprüche und sagte, während er zu ihr hinüber schielte, mit so vielen Mädchen könne überhaupt nichts schiefgehen; sie würden das Kind schon schaukeln.

»Na, hoffentlich wirst du nicht wieder enttäuscht«, grinste Stefanie. Dafür hätte ihr Jahn eine langen können. Er blieb aber cool und entgegnete stattdessen:

»Da hab' ich keine Bange, bei der Auswahl. Sollen ja unheimlich hübsche Mädchen sein da hinten, ganz anders als hier.« Er rührte in seinem Kaffee. »Aber erzähl doch mal, was du vorhast. Sicher fährst du mit einer frommen Müttervereinigung weg.«

Die anderen glucksten, und Stefanies Augen blitzten. Dann fuhr sie sich boshaft lächelnd mit der Zunge über die Lippen. »Ich reise zu meinem Freund an den Chiemsee«, gab sie bekannt. »Da haben wir eine Villa ganz für uns allein. Seine Eltern sind nämlich weg. Riesige Parties werden wir schmeißen, mit Nacktbaden im Pool und so. Na, ihr wisst ja wie es bei so was zugeht.«

»Na, dann passt mal auf, dass ihr eure Feten nicht danebenschmeißt«, entgegnete Jahn, ärgerte sich aber im selben Moment über diese Bemerkung. Anstatt nett zu sein, goss er noch Öl in die Flammen.

»Sagt mal, was habt ihr beiden eigentlich miteinander? Dauernd liegt ihr euch in den Haaren«, wollte Annette wissen. Sie reagierte stets empfindlich auf Streit.

»Ach, vergiss es«, winkte Jahn ab. »Es ist gar nichts. Ich kann mich nicht zehnmal für eine Sache entschuldigen.«

Für eine Weile erstarb das Gespräch. Dann seufzte Monika und sagte: »Hoffentlich nehme ich in den Ferien nicht wieder so viel zu wie im letzten Jahr«, worauf Udo bemerkte: »Iss doch einfach nur Beton, der hat nur drei Kalorien pro Kubikmeter.«

»Haah! Haah! Sehr komisch!« Monika erhob sich und nahm ihre Tasche. »So, Leute, ich mache mich auf den Heimweg. Ich muss noch was für Deutsch tun. Wenn ich die nächste Arbeit verhaue, bekomme ich Schwierigkeiten mit meiner Abi-Zulassung.«

»Wird schon schiefgehen«, sagte Stefanie. »Bis morgen dann!«

Auf dem Heimweg blickte Jahn stur auf die Straße. Als ihm eine Milchdose im Weg lag, trat er sie mit voller Wucht, so dass sie gegen eines der Zechenhäuser schepperte. Er bog in die Straße vor dem Wald ein und verschwand bei sich im Hof, wo er eine Weile vor dem Hundezwinger stehenblieb. Der Hund, ein großer, zotteliger Mischling, sah ihn an und winselte leise.

»Du hast es gut, Max«, sagte Jahn, indem er die Tür öffnete, sich zu dem Hund ins Stroh setzte und ihn streichelte. »Du hast keinen Ärger mit Frauen. Wenn du mal scharf bist, dann krallst du dir einfach eine. Und es ist dir egal, ob deine Freundin zwischenzeitlich mit einem anderen loszieht. Aber wenn du ein Mensch wärst, dann würde dich das schon ärgern, und du würdest fluchen und hättest Bauchschmerzen. Und wenn du mal eine gut fändest und wolltest mit ihr gehen, hättest du gute Chancen, dass sie dich abblitzen lässt. Früher oder später lassen sie einen abblitzen. Und wenn sie es nicht tun, haben sie andere schreckliche Pläne mit dir.« Er nahm Max' Kopf zwischen die Hände. »Ist ja alles nur Unsinn, Max. Höre nicht auf das, was ich sage.«

Er schloss den Zwinger und ging nach hinten ums Haus herum. Als er in die Küche trat, herrschte dort Tumult. Anne hatte die letzten beiden Mathe-Arbeiten verhauen, was jetzt erst herausgekommen war.

»Wenn du so weitermachst, wirst du eines Tages in der Gosse enden«, schimpfte der Vater. »Du hast nur noch Jungen im Kopf und keine Zeit mehr für die Schule!«

»Wenn ich's doch nicht verstanden hab'«, heulte Anne. »Mir hilft ja auch keiner.«

»Dann musst du eben besser aufpassen!«

Oh Gott! Schon wieder diese Leier! dachte Jahn und ging sofort durch ins Wohnzimmer, wo er sich ans Klavier setzte. Er war nicht in der Stimmung, sich dieses Gemecker anzuhören, zumal es Anne betraf; sie tat ihm leid. Noch einige Sekunden lauschte er dem Streit, dann griff er voll in die Tasten und erzeugte eine Lautstärke, die selbst Brahms für unmöglich gehalten hätte. Die Rhapsodie - so gut hatte er sie lange nicht gespielt. Sollte die ganze Welt untergehen in seinen Tönen: aller Streit, alle Nörgeleien, alle Eltern und alle Frauen. Erneut schlug er hart an, wurde dann wieder leiser. - Vielleicht doch nicht alle Frauen - nur einige.

Plötzlich ging die Tür auf. »Kannst du nicht etwas moderater spielen?!« schimpfte der Vater. »Das hält man ja im Kopf nicht aus.«

Jahn klappte den Deckel über die Tasten und fuhr herum. »Dir kann man auch überhaupt nichts recht machen. Andauernd meckerst du. Entweder spiele ich zu viel oder zu wenig, zu leise oder zu laut.« Er stand auf und rannte die Treppe hinauf in sein Zimmer. Dort fand er Anne flennend im Sessel. Er ging zu ihr und streichelte ihr übers Haar. »Nimm's nicht so schwer. Es gibt Schlimmeres«, sagte er.

»Ach ja - ist ja auch alles Mist.«

»Wenn du willst, helfe ich dir. Hättest ja auch schon früher was sagen können. Von heute an kriegst du jeden Tag eine halbe Stunde Nachhilfe - kostenlos.«

»Danke«, sagte sie, aber fiel gleich wieder in einen Heulkrampf. »Immer schimpft er nur; er kann nichts anderes als schimpfen. Wenn Mutter nicht wäre, hätte ich längst meine Sachen gepackt. Er will, dass ich ihm sofort erzähle, wenn ich Schwierigkeiten habe. Doch wenn ich's ihm sage, dann schimpft er auch.«

»So ist er eben. Aber glücklich kann er dabei auch nicht sein. Er meint, weil er früher so erzogen wurde, müsste er es bei uns genauso machen. Und er merkt nicht, dass er damit nur das Gegenteil erreicht. - Lass mal, das wird schon alles. Wenn ich dir Nachhilfe gebe, schreibst du die nächste Arbeit eins.«

»Okay«, sagte sie und verschwand in ihrem Zimmer.

Jahn legte sich aufs Bett und hörte Musik; er blickte auf die Ereignisse des Tages zurück. Es war doch komisch: Noch am Morgen war er total geschafft wegen Gabi gewesen, aber nun schien sie bereits weit weg - jedenfalls nicht mehr so nah wie sonst. Dafür ließ ihm diese Stefanie jetzt keine Ruhe. Warum musste er bloß immer an sie denken?

Was war das für ein Chaos, das ihn kaum einen klaren Gedanken fassen ließ? Weshalb fühlte er sich plötzlich hin- und hergerissen wie ein Kind zwischen Vanille- und Schokoladeneis? Entweder war er selbst irre, oder die Natur war irre, dass sie derartige Zustände überhaupt zuließ. Und wie ärmlich war doch der Verstand, dass er solcher Regungen nicht Herr wurde. Verflixt! Und warum wollte sich Stefanie nicht mit ihm vertragen? - Ach, was sollte es? Alles Unsinn, blöde Phantastereien! - Er schloss die Augen.

Eine ganze Weile lag er still dahingestreckt, schließlich glaubte er, das Gewitter dort unten habe sich wohl so weit verzogen, dass er es wagen könne, seine Eltern um das Fluggeld zu bitten. Doch er hatte sich getäuscht:

»Wenn du nach Italien willst, verdiene dir das Geld dazu. Mir hat man früher auch nicht alles in den Mund geschoben«, sagte der Vater.

»Aber Udo fliegt doch schon Anfang der Ferien.«

»Dann bleibst du eben die ersten zwei Wochen zu Hause und nimmst einen Job an. Du musst langsam lernen, dass Mutti und ich keine Kühe sind, die man pausenlos melken kann. Du musst lernen, wie hart Geld verdient wird.«

»Ach, Mensch, ihr könnt einem aber auch alles vermiesen«, maulte er, forschte noch kurz in Mutters Gesicht, ob nicht doch Hoffnung bestand, und ging dann sauer auf sein Zimmer zurück. Heute läuft auch alles schief. So ein Mist aber auch, dachte er. Nun würde er nicht umhinkommen, sich eine Arbeit zu suchen, denn auf Italien verzichten wollte er keinesfalls.

Den nächsten Nachmittag verbrachte er am Telefon. Er fand eine Arbeit als Prospektverteiler. Um vier Uhr aufstehen musste er da, und in zwei Tagen sollte er schon anfangen, für fünf Mäuse die Stunde. Ein Hungerlohn! Aber er brauchte das Geld.

Gerade war er auf sein Zimmer gegangen, hatte den Plattenspieler angestellt und sich aufs Bett gelegt, als unten auf der Straße ein Motor aufheulte. Es war Udo, der einzige aus der Klasse, der schon ein Motorrad besaß.

»He, Jahn! Bist du zu Hause!?«

»Ne, aber ich komm' gleich«, schallte es aus dem Fenster zurück. »Was gibt's?!«

»Bei Gunter steigt heute eine Fete! Sturmfreie Bude! Sollen irre Frauen kommen!«

Jahn überlegte kurz. Gunters Feten mochte er eigentlich nicht mehr besonders, weil dort außer Saufen und Frauen vernaschen nicht viel abging. Schon ein Jahr war er nicht mehr dagewesen. Na ja - aber so, wie er sich im Moment fühlte, war es besser als alleine herumzusitzen. »Okay, ich bin dabei! Warte!«

Auf der Fahrt zu Gunter fragte er: »Wer kommt denn alles?« Zu seinem Unbehagen merkte er jedoch, dass ihn letztlich nur eine Person interessierte und dass er, als Udo Stefanie erwähnte, ziemlich froh war.

»Aber auf die bist du ja nicht gut zu sprechen«, sagte Udo

»So ist es«, erwiderte er. - Warum hatte er das gesagt? Es stimmte doch gar nicht. Warum ließ er sich in eine Rolle drängen, die er im Grunde hasste. Schämte er sich etwa? War es Angst? Wovor? Wenn er sie gerne sah, brauchte er vor nichts Angst zu haben! Trotzdem - irgendwie war ihm sonderbar zumute. Er wusste nicht, ob er sich ihr gegenüber so verhalten konnte, wie er es gerne mochte. Wie oft schon waren ihm Worte herausgerutscht, die er gar nicht hatte sagen wollen.

Als sie dann bei Gunter eintraten, war es ausgerechnet Stefanie, die ihm auf dem Weg zur Toilette fast in die Arme rannte. »Ach, du schon wieder«, befand sie gelangweilt.

»Was dagegen!?« Jahn lief hinab in den Keller, wo die laute Musik herkam. Er ärgerte sich. Warum hatte sie ihn auch so blöde begrüßt?

»Hallo, Jahn, altes Haus! Sieht man dich auch mal wieder?!« grölte Gunter aus einer dunklen Ecke. Er hielt ein

Mädchen im Arm und trank mit ihr abwechselnd aus einem Sektglas; zwischendurch küssten sie sich.

Jahn sah sich um. Auf alten Matratzen lagen und saßen die Mädchen und Jungen. Einige von ihnen kannte er nicht. Doch die Poster an den Wänden, das glitzernde Silberpapier, das Barregal mit den Spiegeln und Flaschen, die bunten Strahler, in deren Licht sich Wolken von Zigarettenrauch wälzten: all das war ihm vertraut, war unverändert geblieben. Wie viele Feten hatte er hier schon mitgefeiert, und wie man sah, lief alles noch wie damals ab, nur dass es ihn jetzt nicht mehr so anmachte. Was sollte es - letztlich war er hier, um Gesellschaft zu haben.

An der Bar ließ er sich ein Bier geben; währenddessen kam Stefanie zurück und setzte sich auf die Matratze neben Bert, mit dem sie gleich zu flirten begann. Jahn beobachtete sie. Wie konnte er ihr bloß näherkommen, ohne dass sie ihm gleich eine Abfuhr erteilte? Er wollte sich ja nur mit ihr vertragen, ein paar nette Worte wechseln. Wirklich nur das? - Verdammt, jetzt hatte sie auch noch bemerkt, dass er sie ansah. Und natürlich flirtete sie nun um so heftiger. Scheißweiber! Er trank sein Bier in einem Zug. »Von mir aus«, sagte er zu sich. »Wenn du es so haben willst.«

Die Tür ging auf, und herein kam Gerd mit zwei Mädchen im Arm. »He, Jahn!« rief er. »Das sind Christina und Elke. Elke steht auf Typen wie dich«, womit er andeuten wollte, dass er es auf Christina abgesehen hatte. Dann beugte er sich an Jahns Ohr. »Ist zwar keine Superklasse, die Kleine, aber schlecht ist sie auch nicht. Nicht mal die Spur von zickig.«

»Was tuschelt ihr beiden denn da?« fragte Elke.

»Äh, hallo Elke, freut mich dich kennenzulernen«, sagte Jahn schnell. »Wollen wir tanzen?«

»Ja, gern.«

Gunter legte eine langsame Platte auf, das Signal für den 'Klammer-Blues'. Jahn zog seine Partnerin näher; sie schmiegte sich an ihn. Eigentlich hatte er überhaupt keine

Lust, mit diesem Mädchen zu tanzen, aber wenn Stefanie sich so blöd benahm, konnte er ebensogut den Macker spielen. Vielleicht ärgerte es sie sogar, wenn er ein wenig herumschmuste. Ab und an warf er ein Auge auf sie, wogte langsam zu ihr heran. Als Stefanie aufsah, wurde ihr Blick hart.

»Was manche doch denken, was sie für tolle Kerle sind«, sagte sie laut, dass Jahn es hörte. Alte Pute, dachte er, ich hab' dich doch gar nicht nötig. - Er sah, wie Udo mit seinem Mädchen nach oben verschwand, wunderte sich aber, als dieser schon nach wenigen Minuten völlig aufgeregt zurückkehrte.

»He, was ist denn?! Ist nichts gelaufen?!« rief Gunter.

»Gelaufen?! In den Rücken gebissen hat sie mich! So was gibt's doch gar nicht!«

Rudi wurde hellhörig. »He, Mann, hat sie dich echt in den Rücken gebissen? Wo ist die Frau?!«

»Ha, das ist was für Rudi. Davon träumt er nachts«, lachte Monika. Rudi war schon verschwunden.

Als der Alkohol seine Wirkung tat und die Stimmung dem Höhepunkt zusteuerte, kam eines der Mädchen auf die Idee, ein Spielchen zu machen. Man einigte sich auf Flaschendrehen, eine hochinteressante Beschäftigung, bei der die Mädchen im Kreise sitzen und jeweils einer der Jungen die Flasche rotieren lässt. Und jene, auf die der Hals zeigt, muss er dann küssen. Udo versuchte es zuerst. Das Schicksal brachte ihn mit Annette zusammen.

»He, macht nicht so lange! Wir wollen auch noch mal drankommen!« sagte Bert.

Schließlich war Jahn an der Reihe. Ihm war ganz egal, wen die Flasche für ihn wählen würde; er war ohnehin ziemlich angeheitert. Doch als der Hals plötzlich auf Stefanie zeigte, wurde er stocknüchtern. Für einen Moment blieb es still. Er sah ihr in die Augen, fand aber nur Ablehnung. Verflixt! So eine Mistsituation, dachte er.

»Nun macht schon! Wir haben nicht ewig Zeit«, forderte Annette.

Jahn begann zu schwitzen. Was sollte er tun?

»Los, Jahn! Alle müssen sich küssen! So sind die Spielregeln!« sagte Monika.

Er tat einen Schritt nach vorn, dann zögerte er, forschte nochmals in ihren Augen und stieß auf ängstliche Verlegenheit. Er wandte sich ab. »Es ist besser, wenn ich mich verziehe«, sagte er, worauf er zur Tür ging und im Kellerflur verschwand.

Stefanie war erleichtert, aber auch nachdenklich geworden. Für einen kurzen Moment hatte sie tief in ihn hineingeblickt.

Draußen zündete Jahn sich eine Zigarette an. So ein Elend, dachte er. Anstatt besser, ist alles nur schlimmer geworden. Er ärgerte sich, dass er überhaupt zu dieser Party gegangen war. Mechanisch trottete er in der Dämmerung zum Ende der Straße, wo zwei Trauerweiden standen. Die waren ihm von Kindheit an vertraut. Bei schönem Wetter hingen ihre dünnen müden Zweige reglos herab und täuschten, wenngleich die Luft angenehm war, eine brütende Hitze vor. Bei Regen und Wind übertrieben sie ebenso und peitschten hin und her wie im Sturm. Stets, wenn er zu diesen Bäumen schaute, schien ihm, dass sie alles schlimmer machten als es war. Jetzt ruhten sie düster und schwermütig in der lauen Abendluft. Er mochte sie, denn irgendwie waren sie ihm ähnlich.

»He, Jahn, warte!« rief jemand. Es war Udo, der nun sein Motorrad anwarf und ihm nachfuhr. »Komm, wir gehen noch einen trinken.«

»Kannst du denn noch fahren?« fragte Jahn.

»Klar, ich hab' doch bis jetzt nur Cola getrunken.«

Jahn setzte sich auf den Sozius. Udo war ein feiner Kerl; er wusste, wann man ihn brauchte.

Das Gasthaus 'Zur Goldenen Laterne' war wie ausgestorben. Nur Eva, die Bedienung, saß dort an einem der Tische, las die Zeitung und gähnte vor sich hin, als die beiden eintraten.

»Ach, ihr seid es«, schaute sie auf. »Ist nicht viel los heute. Was kann ich euch bringen?«

»Zwei Bier«, sagte Jahn und setzte sich an die Theke. Sein Blick verlor sich in den zahlreichen Flaschen, die fröhlich bunt in den Spiegelregalen schillerten und so gar nicht zu seiner Grabesstimmung passten. Am liebsten wäre er jetzt durch kalte, trostlose Weiten gewandert. Ach was, heute Nacht würde er trinken, und morgen hätte er alles vergessen. Was war schon Besonderes an diesem Mädchen? Sie war wie alle anderen auch - ein wenig hübscher vielleicht.

»Was grübelst du denn?« fragte Udo. »Dein Bier ist ja schon halb verschalt.«

Jahn drehte sich zu ihm. »Ach, hol's der Teufel. Jetzt werden wir so lange saufen, bis uns die Augen herausfallen.«

»Na, dann prost!«

Sie rüsteten sich zu einem mächtigen Gelage, bei dem Jahn stets ausgelassener wurde und schließlich nur noch Unsinn im Kopf hatte. Sie lachten und brüllten, und Eva zapfte und amüsierte sich mit.

Zu fortgeschrittener Stunde ging Jahn in den Keller zur Toilette und blieb dort über eine viertel Stunde. Als er wiederkam, brachte er eine Kartoffel mit, die er ohne Erklärung auf die Theke legte.

Mensch, wo hat er denn bloß die Kartoffel her? dachte Udo. Aber zugleich freute er sich, dass Jahn seinen Kummer so schnell vergessen hatte. Sie tranken weiter und waren gesellig. Dann wankte Jahn erneut zur Toilette und blieb diesmal noch länger weg. Nach einer halben Stunde sagte Udo zu Eva: »Wo bleibt der Jahn denn bloß?« Da hörten sie plötzlich ein tiefes Singen aus dem Kellergewölbe und hallende Schläge, als ob jemand ein Fass ansticht. Eva erschrak. »Der Jahn spukt da unten im Bierkeller!« Und im selben Moment dröhnte ein mächtiges Poltern herauf, wie von rollenden und springenden Metallfässern. »Ist der wahnsinnig?!« Rasch liefen die beiden in den Keller, wo sie Jahn auf dem Rücken liegend zwischen den Bierfässern fanden. Überall waren Kartoffeln verstreut, und auf dem Gesicht des Dahingestreckten lag ein seliges Grinsen. »Ich krieg' zu viel!« rief Eva. Das war ja nicht zu glauben! »Hoffentlich ist der Wirt nicht wach geworden.«

Udo blieb sprachlos; der Schreck hatte ihn nüchtern werden lassen. Sie hievten Jahn hoch, halfen ihm durch das Gewölbe und dann die Treppe hinauf. Jahn lallte vergnügt und kicherte. »Halt, da unten liegen noch meine Schuhe!« krakeelte er plötzlich, worauf Udo kurz zurücklief. Oben angelangt meinte Eva, es sei wohl besser, wenn sie jetzt gingen, sonst gäbe es am Ende Ärger. »Pass gut auf Jahn auf«, sagte sie noch. »Irgendwas stimmt nicht mit ihm.«

Indem Udo den Freund stützte, verloren sie sich in der dunklen Gasse. »Jahn, was hast du da nur angestellt!«

»Angestellt?« lallte Jahn. »Was kann ich schon anstellen, Udo? Überhaupt nichts, Mann! Wir sind doch alle kleine Würstchen! Frag lieber, was sie mit mir anstellen!«

»Ich werde nicht schlau aus dir, Jahn.«

»Ach, irgendwie war es früher besser. Alles Scheiße in der letzten Zeit.«

»Wieso? Wir sind doch immer noch die alten.«

»Gar nichts sind wir. Wir sind zu keiner Zeit die alten. - Die Welt dreht sich, dreht sich immer weiter, und wir sind nie mehr die alten. Und wenn, dann sind wir selbst dran schuld.« Er ließ einen lauten Rülpser los. - »Glaubst du an Schicksal, Udo - ich meine an so einen Gott, der alles sieht und sich da oben zurechtlegt, was mit dir passieren soll?«

»Ich weiß nicht - vielleicht. Manchmal denke ich, es gibt einen und ein andermal wieder nicht. - Kann ich bei dir pennen? Ich glaub', zu dir ist es näher.«

»Klar doch, Udo. Du kannst immer bei mir pennen, das weißt du doch. - Glaubst du an richtige Liebe, Udo? Ich meine, eine Liebe die ewig hält, wo der eine für den andren durchs Feuer geht und ihn nie im Stich lässt.«

»Ich weiß nicht - vielleicht. Manchmal denke ich, es gibt sie und ein andermal wieder nicht. Ich hab' noch nie eine gefunden, die mich richtig liebt und die ich richtig lieben kann.«

»Möchtest du's denn? Ich meine, wenn du so eine fändest, würdest du dann aufs Ganze gehen?«

»Vielleicht - irgendwie möchte ich schon, aber irgendwie auch wieder nicht. Aber ich glaube, den Versuch macht jeder. Alle haben wir mal eine Chance, da kommen wir nicht drum herum.«

»Vielleicht hatte ich meine schon, und ich hab' sie mir versaut, weil ich's nicht gemerkt hab. Vielleicht hätte ich eine gute Chance gehabt, Udo - bei einem prima Mädchen - ja, und ich war blind vor Wut und hab' sie ausgeschimpft.«

»Ja, vielleicht. Hat Gabi deshalb Schluss gemacht?«

Jahn blieb stehen und sah den Freund mit glasigen Augen an. »Mensch Udo, du verstehst auch gar nichts. Gabi ist eine untreue Tomate. Daran kann ich nichts ändern. Mit der bin ich fertig. Ich rede von einem richtig tollen Mädchen, nicht von Gabi.«

»Weißt du, Jahn, wenn ich ehrlich bin, verstehe ich wirklich nicht, wovon du redest. Sei jetzt lieber still und werde nüchtern.«

»Ha!« grölte er in die Nacht. »Ich werde nie mehr nüchtern. Ich werde mein Leben lang besoffen bleiben.«

»Sei nicht so laut, du Quatschkopf!« ermahnte ihn Udo, während sie in den Stadtpark eintraten. Dort am Ententeich kniete Jahn nieder und steckte den Kopf ins Wasser. Er prustete, dann sagte er:

»Was meinst du, Udo, wie viele Enten hier schon ins Wasser gepinkelt haben?«

»Wahrscheinlich haben tausend Enten tausendmal 'reingepinkelt.«

Nachdem Jahn halbwegs zu Sinnen gekommen war, setzten sie ihren Weg fort. Zu Hause angelangt, fasste er in

seine Hosentasche und erschrak. »Heiliges Kanonenrohr!«
Er blickte den Freund an. »Kannst du gut klettern, Udo?«

»Wieso?«

»Ich hab' den Schlüssel vergessen.«

»Dann klingel doch.«

»Bist du verrückt. Was meinst du, was das für einen Ärger gibt.«

Jahn deutete auf ein kleines Fenster, das sich seitlich des Regenrohres im ersten Stock befand. Er warf ein Steinchen an die Scheibe - und noch eins. Aber nichts rührte sich. »Mist! Sie schläft. Du musst jetzt da oben durch, Udo.«

»Wieso ich?«

»Ja meinst du, ich schaff' das? Ich bin doch immer noch voll wie 'n Feldwebel.«

Udo sah ihn mitleidig an. »Na gut, ich versuche es.« Dann kletterte er am Regenrohr hinauf, wobei er ächzte und leise vor sich hin fluchte, bis er den schmalen Sims zu fassen bekam. Er zog sich hoch und stieß das Fenster auf. Ein Blumentopf krachte zu Boden. Kurz darauf ein Schrei.

»Anne, sei ruhig! Ich bin es nur: Udo. Jahn hat seinen Schlüssel vergessen.«

Anne sprang aus dem Bett. »Ach, Mensch, meine schöne Blume.«

»Reg dich ab. Das bringen wir morgen in Ordnung. Jetzt lass erst mal den Jahn ins Haus.«

»Mann, ihr habt vielleicht Nerven!«

Die Tür zu Jahns Zimmer öffnete sich. »Udo, was machst du denn hier?«

Udo schlug die Augen auf, sah sich um und begriff, wo er war. »Es ist gestern etwas spät geworden, Frau Hoffmann«, sagte er, indem er versuchte, den Reißverschluss vom Schlafsack zu öffnen. Er gähnte.

»Pfui! Hier stinkt es ja wie in einer Kneipe!« Sie schob die Gardine beiseite und riss das Fenster auf. »Habt ihr euch betrunken?«

»Nein, nicht direkt. Wir hatten nur etwas zu bereden.«

»Jahn! Wach auf! - Himmel, wie du aussiehst! Los mach dich schnell frisch, dass Vater nichts merkt. Und kommt dann beide zum Frühstück.«

»Danke, Frau Hoffmann, aber ich muss so schnell wie möglich mein Motorrad holen«, sagte Udo, zog sich rasch an und lief aus dem Haus.

Kurz vor Unterrichtsbeginn kam er in die Klasse gehastet; er setzte sich gleich zu Jahn, der noch wie ein Nachtgespenst aussah.

»Mensch, Alter, du hast ja gestern vielleicht einen Mist gebaut. Ich hab' gerade Eva getroffen. Die ist ganz schön sauer auf dich.«

Jahn horchte auf. »Wieso? Was ist denn los?«

»Sie sagt, es sei gesünder, wenn wir beide uns im nächsten halben Jahr nicht mehr in der 'Goldenen Laterne' sehen lassen. Die Wirtin hat heute Morgen die Waschmaschine angestellt und kam plötzlich schreiend die Treppe hoch. Der ganze Keller hat sich mit Schaum gefüllt, nur weil du im Suff auf die glorreiche Idee gekommen bist, die Hälfte einer Zehnkilo-Tonne Waschmittel in die Maschine zu kippen. - Du kannst dir ja vorstellen, was da los war. Eva musste dem Wirt Rede und Antwort stehen.«

»Ach je, die arme Eva«, seufzte Jahn.

»Junge, du wirst echt immer besser. Wenn ich mir nur das dumme Gesicht von der Wirtin vorstelle.« Udo musste lachen.

»Hör auf, ich find das gar nicht komisch. Ich muss das irgendwie in Ordnung bringen.«

»Aber wie? Ich weiß nur, wenn du dich in der 'Goldenen Laterne' sehen lässt, ist der Teufel los.«

Jahn überlegte. Sicher würde der Wirt ihn ausschimpfen; vielleicht bekäme er sogar eine Ohrfeige. Andererseits konnte er die Sache nicht einfach auf sich beruhen lassen. Nach Schulschluss würde er dem Wirt einen Besuch abstatten. Gerade wollte er Udo bitten, ihn zu begleiten, als er hörte, wie sich nebenan die Mädchen unterhielten.

»Wie kommst du eigentlich zum Chiemsee, Stefanie? Fährst du mit dem Zug?«

»Nein, das ist mir zu langweilig. Ich suche mir eine Mitfahrgelegenheit per Zeitungsannonce.«

Udo schaute zu Stefanie und dann zu Jahn. »Wie sieht es denn bei dir aus? Ist es jetzt sicher, dass du mit uns nach Italien fliegst?«

»Ich weiß noch nicht, ob ich fliegen kann. Von meinen Eltern bekomme ich das Geld nicht. Aber ab morgen hab' ich einen Job als Verteiler. Mal sehen, wieviel dabei zusammenkommt. Sollte es nicht reichen, trampe ich einfach.«

Der Mathe-Lehrer trat ein, grüßte freundlich und packte gleich die Arbeitshefte aus.

»Tja«, sprach er, »wie ihr seht war ich sehr fleißig. - Die Arbeit ist diesmal recht gut ausgefallen, bis auf eine einzige Fünf.« Er verzog die Mundwinkel, hob die Augenbrauen und ließ, um es spannend zu machen, den Blick durch die Klasse schweifen. »Und die hat jemand geschrieben, von dem ich es überhaupt nicht erwartet hätte. Es ist unser geschätzter Mitarbeiter, unser Spezialist und Diplom-Mathematiker... Jahn Hoffmann!«

»Bravo!« riefen alle wie aus einem Munde. Das war wirklich ein Ereignis. Ausgerechnet Jahn, der allgemein als Mathe-Genie bekannt war, hatte es erwischt.

»Willkommen im Club!« meinte Rudi.

Zuerst war Jahn überrascht, aber dann freute er sich. Er grinste zu Stefanie hinüber, die seinen Blick kurz erwiderte. Sie hatte eine Vier. Das schien jedoch nicht zu reichen, um sie wieder gutzustimmen. Nicht einen Schimmer von Freundlichkeit hatte er in ihren Augen gefunden. Vielleicht war ihr die Fünf zu wenig. Vielleicht wäre sie erst zufrieden, wenn er eine Sechs schrieb. Ach, Quatsch! Wahrscheinlich brauchte sie nur mehr Zeit, um ihn wieder zu mögen. Vielleicht aber würde auch alle Zeit der Welt nicht reichen. Wer wusste es? Jedenfalls war es an ihm, nett zu ihr zu sein und Frieden zu schließen.

Nach Schulschluss machte er sich auf den Weg zur 'Goldenen Laterne', doch ging er sehr gemächlich. Jetzt, da es ihm wieder besser ging und sein Verstand klar arbeitete, erschien ihm auch seine Tat schlimmer denn je. Wie hatte er sich nur so betrinken und einen solchen Blödsinn machen können? Das war schon alles sehr peinlich. Und er stellte sich den Wirt vor, wie er ihn wütend beim Kragen packte. Und recht hätte er, so zu handeln. Hinzu kam, dass Eva, die er doch gern mochte, schon einiges hatte ausbaden müssen. Nein, dass war nicht schön von ihm gewesen. Seine Schritte wurden langsamer. Da vorn lag das Gasthaus; groß und drohend hing die Laterne über dem Eingang. Er blieb stehen, und für einem Moment war er schwankend, ob er nicht doch lieber den Heimweg einschlagen sollte. Verdammt! War er denn ein Feigling!?

Als er eintrat, zitterten ihm die Knie. Der Wirt, der hinter der Theke Bier zapfte, hatte ihn sofort bemerkt und ihm einen misslaunigen Blick zugeworfen. Zögernd ging Jahn an den übrigen Gästen vorbei zu ihm und fragte kleinlaut, ob er ihn allein sprechen könne. Mit einer Kopfbewegung deutete der Wirt an, er solle mit ins Hinterzimmer kommen. Dort tippte er ihm mit dem Finger auf die Brust und blickte ihm böse in die Augen.

»Freundchen«, zischte er. »Sei froh, dass ich deine Eltern kenne, und sei froh, dass du nicht heute Morgen hier warst. Ich hätte dir rechts und links eine geschmiert! Die Kartoffeln verzeihe ich dir ja noch, und auch dass du die Bierfässer durcheinander gerollt hast, aber an die halbe Tonne Waschpulver in der Maschine werde ich noch lange denken.« Er fasste Jahn beim Kragen. »Was meinst du wohl, was mir meine Frau erzählt hat?! Gehe mal zu ihr und sage: ›Hier bin ich. Ich war derjenige welcher.‹ Weißt du, dass sie richtig geweint hat - das erste Mal seit zwanzig Jahren.«

Jahn schluckte; auch er war dem Weinen nahe. Leise sagte er:

»Es tut mir leid, ganz ehrlich, und ich möchte das wieder gutmachen. Ich helfe Ihnen auch einen ganzen Tag, wenn Sie wollen.«

Als der Wirt ihn so voller Reue sah, wich aus seinem Gesicht die Strenge, und er klopfte Jahn auf die Schulter. »Nun sag mir mal, wie du auf diesen Einfall gekommen bist.«

»Ich war sturzkarrenvoll«, kam die Antwort. »Ich wusste überhaupt nicht, was ich da unten gemacht habe. Ich weiß kaum, wie ich nach Hause gekommen bin.«

»Du säufst doch sonst nicht. - Hattest du Ärger?«

Jahn nickte. »Bitte erzählen Sie meinen Eltern nichts davon. Ich glaube, die würden das nicht verstehen.«

Der Wirt schmunzelte. »Lass mal, Jahn. Ich hab' mit deinem Vater früher auch so manche Sauftour gemacht, und so viel darf ich dir sagen: Dein Vater war auch kein Engel.«

Jahns Mund formte sich zu einem kaum sichtbaren Lächeln. »Wirklich nicht? Das höre ich zum ersten Mal.«

»So, nun gehst du noch zu meiner Frau und entschuldigst dich bei ihr, und dann ist die Sache erledigt.«

Auch die Wirtin verzieh ihm; allerdings bestand Jahn darauf, ihr bei Gelegenheit, wenn sie viel Arbeit habe, zu helfen, worauf sie sagte, sie werde darauf zurückkommen.

Im Hinausgehen begegnete er Eva, die sich nur leise und mit besorgtem Blick erkundigte, wie es ausgegangen sei.

»Alles okay«, erwiderte Jahn und wunderte sich, dass sie erleichtert war, anstatt böse mit ihm zu sein. Eva war schon ein toller Kumpel.

2. KAPITEL

Die nächsten Wochen waren für Jahn sehr hart. In der Nacht stand er zeitig auf, lud die schwere Tasche in einen kleinen Karren, den er von der Firma bekommen hatte, und machte sich auf den Weg durch die schlafende Stadt.

Am ersten Tag stellte er zufrieden fest, dass auch Stefanie in seinem Bezirk wohnte: Humboldt-Straße. Dort an der Türe eines Bungalows stand in Messinglettern: 'Grünewald', und den Vorgartenrasen zierte eine riesige, bronzene Sonnenuhr. Na ja, über Geschmack lässt sich streiten, dachte er, als er dieses Monstrum betrachtete. Dann ging er zum Briefkasten, steckte aber nicht, wie üblich, nur einen Zettel hinein, sondern gleich zwanzig. Ob Stefanie wohl noch schlief? Sicher, es war ja noch ziemlich früh. Wenn sie jetzt wüsste, dass er hier unten stand, würde sie bestimmt kein Auge mehr zutun, denn Frieden geschlossen hatten sie noch immer nicht. Es war wie verhext: Sie ließ ihn einfach nicht an sich heran. - Aber genug Zeit verplempert; er musste weiter; die Tour war noch lang. Und schon stand er an der Nachbarstür.

So ging es Tag für Tag. Wie ein Schatten huschte er umher in der Dämmerung, leise und schnell, und mit der Zeit ging es immer besser. Er war dabei, wenn die ersten Vogelstimmen laut wurden, die ersten Sonnenstrahlen heraufkamen und das Grau des Morgens licht wurde, und er fand es wundervoll. Tausende von Zetteln stopfte er in die Briefkästen: mal rote, blaue, gelbe und mal bunte. Wenn er dann gegen sieben nach Hause zum Frühstück kam, war er müde und hungrig. Aber kurz darauf musste er schon wieder zur Schule. So kam es, dass er nachmittags nur noch schlief und ihm keine Zeit mehr blieb für andere Dinge. Die Ferien nahten heran; sein Geld mehrte sich, doch um den Flug bezahlen zu können, würde er wohl noch zwei Wochen weiterarbeiten müssen, wenn das überhaupt reichte. Na ja, mal sehen.

Endlich war der letzte Schultag da. Unterricht fand so gut wie keiner statt, weil Lehrer und Schüler es vorzogen, über ihre Ferienpläne zu reden. Udo fragte Jahn:

»Haut es bei dir hin mit dem Flug?«

»Nein, das Geld langt nicht. Aber wenn ich trampe, bin ich in zwei bis drei Tagen bei euch. Vielleicht geht es auch schneller. Wann wollt ihr denn los?«

»Morgen schon. - Soll ich dir nicht doch was leihen?«

»Nein, es wird auch so gehen.«

Die Sonne war gerade aufgegangen und die Luft noch kühl, als Jahn mit seinem Rucksack das Haus verließ. Anne lag oben im Fenster.

»Komm gut an, Jahn. Und viel Spaß. - Am liebsten würde ich mitfahren.«

»Vielleicht das nächste Mal. Mach's gut«, erwiderte er und marschierte los. Er wollte zuerst nach Siegen und von dort weiter nach Ingolstadt. Wenn alles klappte, würde er es heute bis dahin schaffen. Er war froh, endlich unterwegs zu sein, endlich frei, ohne Schule und ohne Sorgen. Jetzt würde er Urlaub machen und auch den Streit vergessen, den er am Vorabend noch mit den Eltern gehabt hatte - nur weil er trampen wollte. So ein Quatsch, schließlich war er bald achtzehn und konnte allein auf sich aufpassen.

Während er nun durch die Felder ging, vorbei an gelben Ähren, flammendem Mohn und über taufunkelnde Wiesen, malte er sich schon die hübschen Mädchen aus und die tollen Parties, die sie schmeißen würden, wenn er erst am Ziel wäre. Nach Italien zu kommen, war kein Problem; viele seiner Freunde hatten per Autostop schon größere Strecken bewältigt.

So wanderte er fröhlich weiter und gelangte, nachdem er noch einen Wald durchquert hatte, zu der breiten Landstraße, wo er sich voller Zuversicht an die Fahrbahn stellte und den Daumen hob. Da er wusste, wie wählerisch Autofahrer sind, trug er zum weißen Hemd noch eine Krawatte, so dass man ihn für einen Jura-Studenten halten konnte. Diese List machte sich bezahlt.

Der erste Fahrer war ein alter Mann, der nicht viel redete. Er nahm ihn mit bis nach Meinerzhagen. Dort an einer Tankstelle am Ende der Stadt wartete Jahn auf die nächste Mitfahrgelegenheit. Er setzte sich auf einen Stein bei der Ausfahrt, kramte eine Dose Bier aus dem Gepäck und aß von den eingepackten Broten, die ihm Mutter, obwohl sie seinen Plan missbilligte, noch vor die Zimmertür gelegt hatte. Wenn ein Wagen von der Tanksäule auf die Straße zu rollte, sprang er auf und fragte den Fahrer, ob er ihn mitnähme. Doch schien das Glück ihn zu verlassen; alle Autos kamen aus der näheren Umgebung, nicht eines fuhr nach Siegen. So beschloss er, ein Stück zu laufen.

Der Asphalt war heiß von der Sonne, und brütende Hitze stand über der Landschaft. Nur manchmal, wenn sich mit hohem Ton ein Wagen näherte und mit tiefem vorbeisauste, streifte ihn ein erfrischender Luftzug. Noch sah er sich um in der Gegend, sandte den Blick über Auen und Felder, hin zu licht bewaldeten Hängen und in kleine Flusstäler. Aber schon bald war er müde vom Wandern und fing an, seine Schritte zu zählen. Wollte ihn denn niemand mehr mitnehmen? Er hockte sich an den Straßengraben, streckte sich dann ins Gras und gähnte. Nun, wenn es sein musste, würde er hier irgendwo im Freien übernachten. Er schloss die Augen und lauschte. Ein Auto nahte von ferne; schnell erhob er sich und winkte. Es war eine jungen Frau in einem Käfer; sie fuhr hupend vorbei.

»So ein Mist aber auch!« schimpfte er, schnallte den Rucksack auf und ging weiter. Als sich nach einer Weile erneut ein Wagen ankündigte, hatte er die Hoffnung schon aufgegeben, doch zu seiner Überraschung hielt der Fahrer plötzlich an und rief:

»He, soll ich dich mitnehmen? Ich fahre nach Siegen!«

Jahn machte einen Freudensprung. »Ja, danke! Ist genau meine Richtung!«

Der junge Mann sah aus wie Ende zwanzig, trug eine abgewetzte Lederjacke und war unrasiert, schien aber ein lockerer Typ zu sein - wohl ein ehemaliger Rocker, der auf Familie umgestiegen ist, dachte Jahn.

»Ich heiße Rolf«, sagte der Mann kollegial und reichte ihm die Hand.

»Und ich bin Jahn! Freut mich!«

»Schon lange unterwegs?«

»Seit heute.«

»Wo willst du hin?«

»Nach Portofino; ich treffe mich dort mit Klassenkameraden.«

»Da braucht man sicher 'ne Menge Geld.«

»Es geht; ein paar hundert Mark reichen.«

»Na hoffentlich verwahrst du es auch sicher. Als ich vor Jahren mal unterwegs war, haben sie mir alles geklaut.«

»Ich hab's in meinem Rucksack, und den trage ich immer bei mir.«

»Na, dann kann ja nichts passieren. - Ne Zigarette?«

»Ja, gern.«

Während sie rauchten, schob Rolf eine Kassette in den Recorder.

»Du hast doch nichts dagegen, wenn wir gleich mal irgendwo 'ne Pause machen, Jahn, oder? Ich sitze nun schon zwei Stunden am Steuer und brauche einen Kaffee.«

»Okay, von mir aus.«

Kurz vor Siegen fuhren sie knirschend auf den kiesbestreuten Parkplatz eines Gasthofes.

»Lass deinen Rucksack ruhig im Wagen. Den klaut keiner.«

»Wie du meinst.«

Sie traten ein in die kühle Gaststube, und Rolf setzte sich an einen Tisch weit ab von der Fensterreihe.

»Einen Kaffee, bitte!« rief er der Frau hinter der Theke zu.

»Kommt sofort, und was wünscht der junge Herr?«

»Eine Cola.«

»Ach, verflixt! Jetzt habe ich mein Geld im Wagen gelassen«, stellte Rolf plötzlich fest, indem er sich an die Jacke griff. »Bin gleich wieder da«, sagte er und ging hinaus. Da fiel Jahn ein, dass er leichtsinnig war. Was, wenn dieser Mann sich nun mit dem Gepäck aus dem Staube machte? Gerade wollte er aufspringen und zur Tür rennen, als sie auch schon geöffnet wurde. Erleichtert sank er auf seinen Stuhl zurück. Rolf kam lachend auf ihn zu und winkte mit seiner Brieftasche. »So ist das, Jahn. Was man nicht im Kopf hat, muss man in den Beinen haben.«

Nachdem sie ausgetrunken und bezahlt hatten, fuhren sie weiter. Jahn war aufgefallen, dass sein Rucksack anders lag als zuvor. Ein leiser Argwohn berührte ihn, nur wie ein Gifthauch. - Ob Rolf sich etwa an seinem Geld vergriffen hatte? Er betrachtete ihn von der Seite: Eigentlich wirkte er ganz anständig - womöglich redete er sich nur etwas ein. Er zündete sich eine Zigarette an und versuchte, an die bevorstehende Zeit in Portofino zu denken, doch je mehr er sich darum bemühte, je mehr bedrängten ihn Zweifel und Unsicherheit. Was, wenn er sich täuschte und sein sauer verdientes Geld längst in Rolfs Tasche steckte? Er musste nachsehen; zu viel stand auf dem Spiel.

»Weißt du was«, sagte er, »wir tauschen unsere Adressen, und ich komme dich mal besuchen.«

Noch ehe Rolf antworten konnte, griff er seinen Rucksack, öffnete den kleinen Reißverschluss an der Vorderseite und zog die Brieftasche hervor. Seine Hände zitterten, als er sie aufschlug, und dann schoss es ihm heiß in den Kopf; fassungslos starrte er Rolf an.

»Was ist? Ich dachte, du wolltest mir deine Adresse geben«, sagte dieser kühl.

»Gib mir sofort mein Geld wieder!« brüllte Jahn und drohte ihm mit der Faust.

»Sag mal, du spinnst wohl! Was habe ich mit deinem

Geld zu tun? Entweder, du entschuldigst dich sofort, oder du fliegst raus! Klar?«

Jahn spürte, wie ihm die Tränen kamen; er war verzweifelt. »Ich gehe zur Polizei, wenn du mir nicht sofort mein Geld gibst, du Schwein! Ich hab' hart dafür gearbeitet!«

»Jetzt reicht's aber, du unverschämter Kerl!« schnauzte Rolf, während er hart in die Bremsen ging und den Wagen stoppte. »So, und nun verschwinde! Oder ich breche dir sämtliche Knochen!«

Jahn sah ein, dass er aufgeben musste. Diese Einsicht war bitter. Er nahm seinen Sack und schlug die Tür zu. Für alle Fälle notierte er sich Uhrzeit und Autonummer. Aber was nützte das? Dieser Mistkerl würde ja ohnehin alles abstreiten. Ach, wäre er bloß stärker, dann hätte er das Geld schon aus ihm herausgeprügelt. Jetzt blieben ihm nur noch die fünfzig Mark in seinem Schuh. Das konnte doch alles nicht wahr sein! Heute Morgen erst war er bester Stimmung und ohne einen bösen Gedanken aufgebrochen, und nun steckte er schon voll im Schlamassel. Wütend stampfte er mit dem Fuß auf. Er hätte sich ohrfeigen können. Warum hatte er sein Geld auch nicht in die Jacke gesteckt!? Stattdessen hatte er diesem Kerl noch verraten, wo er es aufbewahrte. Was sollte er jetzt tun? Nach Hause fahren? Nein! Dann wäre er blamiert. Er hörte schon seinen Vater:

›Ach nein, bestohlen hat man dich? Ich dachte, trampen sei völlig ungefährlich. Dabei kann doch überhaupt nichts passieren! Du bist ja auch schon siebzehn und mit allen Wassern gewaschen! - Wir haben es dir ja gleich gesagt. Aber du wolltest ja nicht auf Mutter und mich hören.‹

Nein, nach Hause konnte er nicht. Und selbst wenn er die Blamage in Kauf nähme, was sollte er dort? All seine Freunde waren doch in den Ferien. Also würde er nach Italien fahren, ob mit oder ohne Geld! Entschlossen schritt er der Dämmerung entgegen, und je länger er lief und sich einredete, es werde schon alles gut, je mehr glaubte er daran und desto leichter wurde ihm ums Herz.

Als nach einer Weile die Bäume, Hecken und Hügel allmählich zu dichten, schwarzen Massen zusammenrückten und erste Sterne feuchthell am Himmel blinkten, suchte er sich nah einem Feldweg ein grasiges Plätzchen. Bevor er sich ausruhte, sandte er seinen Blick in die Umgebung: Dort hinten mündete der Weg in einen Wald; gegenüber lag still atmend eine Wiese, und um ihn herum schimmerten die Margeriten mit unsicheren Lichtern fahl aus der Finsternis. Seufzend ließ er sich nieder und sah nach, was er noch an Broten hatte. Er trank Bier und aß und wunderte sich, wieso er trotz der Aufregung am Nachmittag so hungrig war. Eine sonderbare Zufriedenheit erwachte in ihm; sie kam von tief herauf und war nicht jene, die nach Geld verlangt oder an das Morgen denkt; es war eine, die der Freiheit bedarf, des Windes, des Sternenhimmels und der ganzen Schönheit der Natur.

Jahn horchte; um ihn herum waren dunkle Nachtgeräusche, überall war Leben; es raschelte und spukte, und zuweilen fiepte es grell. Er roch das Gras, den Wald, das Korn, und er spürte den Wind; ein herrliches Nachtgefühl überkam ihn und machte ihn glücklich. Indem er den Kopf auf seinen Rucksack legte, schloss er die Augen; Bilder tauchten vor ihm auf, vermischten sich mit all jenen Lauten und wurden zu einem Traum.

Eine Amsel sang in der Nähe, als er am Morgen die Augen aufschlug - langsam erhob er sich und reckte seine Glieder, die von der Kälte ein wenig steif geworden waren. Über den Feldern lag ein dunstig blasses Licht, und im Osten blühte rosaschimmernd der neue Tag herauf.

Da er noch keinen Hunger hatte, ging er gleich zur Straße. Dort an einem kleinen Bach wusch er sich und setzte dann gemächlich seine Reise fort. Er fühlte sich frisch und ausgeruht. Um das gestohlene Geld machte er sich keine Sorgen mehr; der Umstand, dass er nun fast mittellos war, erfüllte ihn eher mit besonderer Lebendigkeit; er bedeutete Ungewissheit, erzeugte in ihm eine Spannung auf das Kommende, aber auch ein Vertrauen, dass es schon irgendwie weitergehen und er es schaffen würde.

Nachdem er eine Zeit so gegangen und jedes Auto an ihm vorbeigesaust war, hörte er hinter sich lauten Motorenlärm. Ein Pulk von wilden Typen auf Motorrädern nahte heran; sie nahmen die ganze Breite der Straße ein, trugen Lederjacken, Stirnbänder, Ledermützen und Brillen und sahen zum Fürchten aus. Mit Getöse und Brausen stoppten sie ihre Maschinen.

»He, Kleiner! Steig auf! Wir nehmen dich ein Stück mit!« rief einer der Männer, ein mächtiger Muskelprotz, der ohne Begleitung fuhr und vermutlich der Anführer war.

Jahn zögerte; er hatte ein wenig Angst. »Wo fahrt ihr denn hin?« fragte er.

»Immer der Nase nach! Dahin, wo's uns gefällt!« kam die Antwort. »Na, mach schon Bubi, oder willst du, dass meine Karre einrostet?«

Obwohl ihm die Sache nicht ganz geheuer vorkam, stieg Jahn zu dem Mann auf den Sozius. Die Motoren brummten, heulten auf, und schon ging es los. Die Felder, Wiesen und Bäume sausten vorbei; kühl blies ihm der Fahrtwind ins Gesicht. Jahn sah sich um zu den anderen; es waren auch junge Frauen dabei; alle trugen sie mit Nieten besetzte Jacken, und einige der Männer hatten Bärte und andere so lange Haare, wie es schon lange nicht mehr modern war.

»Was seid ihr eigentlich für ein Club?!« rief Jahn dem Fahrer ins Ohr.

»Wir sind die Hot Wheels«, erwiderte dieser, indem er sich kurz umdrehte. »Noch nie was von uns gehört?«

»Ne, und was macht ihr so?«

»Herumfahren, du Quarkgesicht! Kennst du uns wirklich nicht?« Er lachte laut. »Wir sind so 'ne Art Heilsarmee! Wir helfen uns selbst, dass wir 'ne Menge Spaß haben! Ha! Ha! Gleich wird erst mal gefrühstückt! Hast du Hunger?«

»Ja, ein bisschen.«

»Sag mal, wo willst du denn hin, Quarkgesicht?«

»Nach Italien, zu meinen Freunden.«

»Hast Glück! Da können wir dich noch 'n schönes Stück mitnehmen!«

»Wie heißt du eigentlich?«

»Andy.«

In der nächsten Ortschaft gab Andy den anderen ein Zeichen, worauf sie vor einem Supermarkt anhielten und drei der Männer abstiegen. Sie gingen hinein, und Jahn wunderte sich unterdessen, warum alle die Motoren laufen ließen. Dann fiel sein Augenmerk auf die Fahrer zur Rechten. Einer von ihnen schnitt ihm eine Grimasse, ein anderer winkte ihm lässig mit dem Zeigefinger und grinste; er hatte eine riesige Zahnlücke. Da war er ja an einen schönen Haufen geraten. Na ja, aber auf die Weise käme er bestimmt schnell zum Ziel, und interessant würde es allemal.

»So, Quarkgesicht, jetzt halte dich gut fest«, sagte Andy plötzlich, als die drei Typen auch schon mit vollen Tüten aus dem Geschäft gerannt kamen und hinter ihnen her eine schimpfende Frau. Was sie rief, konnte Jahn nicht mehr verstehen, denn schon brüllten die Motoren, und ab ging die Fahrt, so schnell, dass es ihn fast vom Sitz geworfen hätte. In wahnsinnigem Tempo brausten sie über die Landstraße, legten sich in die Kurven und schrien und juchzten. Dann wurden sie langsamer. Sie bogen in einen Feldweg ein, der zu einem Wald führte, durchquerten ihn und kamen nach einer Weile zu einem kleinen See. Dort am begrünten und teils von Bäumen überschatteten Ufer stellten sie ihre Maschinen ab, rannten die leicht abfallende Böschung hinunter zum Strand und lachten sich schief.

»Habt ihr gesehen, wie die Alte hinter uns her ist?!« grölte einer der drei Einkäufer. »Meine Herren! Sie müssen noch bezahlen! - Sie schändliche Diebe, Sie!«

»Und ich hab' ihr noch gesagt, es ist für 'nen guten Zweck! Ha! Ha!« fiel ein anderer ein.

»Jetzt spachteln wir erst mal und saufen was!« rief Andy.

Jahn wurde blass; also deshalb war die Frau vom Supermarkt so wütend gewesen. Und er hatte gedacht, dass ihr vielleicht einer der Männer zu nahe getreten wäre. - Auf was hatte er sich da nur eingelassen? Und was geschähe, wenn jemand ihn gesehen hätte und ihn wiedererkennen würde. Er war doch dabeigewesen, war damit selbst zum Dieb geworden. Er dachte nach. Andererseits könnte er jederzeit glaubhaft machen, dass er nicht zu dieser Bande gehörte und dass er von dem Raub nichts wusste. Er hatte ja nur gesehen, wie die drei mit den Tüten aus dem Laden geeilt waren.

»He! Was ist mit dir, Quarkgesicht?« sprach Andy ihn an. »Hier! Zieh dir erst mal ein Bier 'rein!«

Zögernd nahm Jahn das Bier und trank. »Sag mal, macht ihr so was öfter? Ich meine, so einzukaufen, ohne zu bezahlen.«

»Na klar, Mann«, erwiderte Andy. »Ich hab' dir doch gesagt, wir sind eine Heilsarmee!« Er grinste, dann klopfte er ihm auf die Schulter und sah zu der übrigen Meute. »He! Leute! Darf ich euch vorstellen!? Das ist Quarkgesicht!«

»He, Quarkgesicht! Willkommen bei den Hot Wheels!« schrie ein Dünner mit Löwenmähne, worauf er eine Bierdose aufriss und sich den Inhalt mit einem Zug in den Hals schüttete.

»Du hast doch nichts dagegen, wenn wir dich Quarkgesicht nennen, oder?« fragte Andy lachend und fiel gleich in einen Hustenkrampf.

Jahn seufzte. Quarkgesicht! So ein blöder Name, dachte er. Aber es war wohl besser, den Mund zu halten.

Andy warf ihm eine Dose Würstchen zu. »Hier, Quarkgesicht! Hau dir erst mal was in die Kiemen, damit du Farbe kriegst! Hier hast du auch noch 'n Stück Brot.«

»Danke«, sagte Jahn. Er öffnete die Dose, brach sich von dem Brot ab und stopfte sich den Mund voll. Inzwischen hatte er einen ziemlichen Hunger bekommen. Er blickte in die Runde. Nun saß er mitten zwischen Strolchen und verzehrte Diebesgut. Warum hatten sie ihn nur mitgenommen? Vielleicht, um sich über ihn lustig zu machen? Vielleicht, damit sie jemanden hatten, zu dem sie Quarkgesicht sagen konnten? Wer wusste es? Eines war jedenfalls sicher: Hier durfte er nicht lange bleiben. Womöglich würden diese Leute weitere Straftaten verüben, und am Ende würde die Polizei sie jagen und auch ihn verhaften. Nein, dieses Risiko durfte er nicht eingehen. So beschloss er, sich bei der erstbesten Gelegenheit davonzumachen, jedenfalls, sobald er sich sattgegessen hätte.

Indessen waren die Typen vergnügt, und so wie ihr Alkoholspiegel stieg, verloren sie auch die letzten Hemmungen; sie lachten und grölten, spuckten sich ins Gesicht und pflegten Geselligkeit. Während einige von ihnen bereits mit ihren Mädchen im Gras lagen, unter ihren Jacken und Blusen wühlten und sie laut schmatzend ablutschten, glaubte Jahn, nun sei ein guter Zeitpunkt, sich zu verabschieden. Er nahm seinen Rucksack, sagte kurz »Tschüss« und wollte gerade die Uferböschung hinaufgehen, als Andy kam und ihn bei der Schulter festhielt. Er war schon fast volltrunken, und sein Blick, in dem Jahn zuvor noch etwas wie Wärme und Menschlichkeit zu erkennen geglaubt hatte, war kalt und wirr geworden.

»Moment mal, Quarkgesicht«, sagte er. »Wo willst du hin?«

Jahn versuchte, sich von seinem Griff zu befreien. »Ich muss jetzt gehen, Andy. Bitte, lass mich los.«

»Kommt nicht in Frage, Quarkgesicht. Ich hab' dir gesagt, wir nehmen dich noch 'n Stück mit. Und was Andy sagt, das hält er auch.« Seine Augen begannen zu funkeln. »Oder meinst du vielleicht, was Andy sagt, das zählt nicht?! Meinst du, Andy hält nicht sein Wort? He?! Glaubst du, Andy ist ein Schweinebruder?!«

»Nein, Andy«, erwiderte Jahn zitternd. »Das glaube ich ganz bestimmt nicht. Du bist in Ordnung, Andy. Wenn du also willst, dann bleibe ich noch.«

Andy grinste. »So ist's brav, Quarkgesicht.« Er bugsierte Jahn zurück zu den anderen. »Setz dich dahin und trink dein Bier und freu dich! Heute wird gefeiert!«

»Genau, Quarkgesicht«, lallte ein anderer. »Mach, was Andy dir sagt.«

Weil Jahn fürchtete, man könne ihm etwas antun, falls er widerspräche, hockte er sich abseits auf den Boden und trank noch ein Bier. Warum nur wollten sie ihn nicht gehen lassen? So ein Mist! Als ob er so etwas nicht schon geahnt hätte! Das war eine rauhe Bande, und besonders jetzt, da sie betrunken waren, musste er sich vor ihnen in acht nehmen.

Mit der Zeit aber wurden sie immer ruhiger; einige von ihnen waren bereits so abgefüllt, dass sie schliefen; andere hingen sich brabbelnd und summend in den Armen. Jetzt war die Gelegenheit zu verschwinden. Langsam, Stück für Stück, bewegte er sich auf einen nahen Baum zu, schob sein Gepäck stets voran, bis er den mächtigen Stamm erreichte und sich dahinter verkroch. Behutsam legte er den Rucksack an, und während er horchte, ob auch niemand etwas bemerke, schlich er gebückt die Böschung hinauf, vorbei an den Motorrädern zum Feldweg. Dann rannte er was er konnte, atmete, wie er es beim Sport gelernt hatte, in kurzen Stößen aus und bog, damit ihn diese Typen ja nicht fänden, gleich darauf nach rechts in den Wald ein, durchquerte ihn flugs und fand an seinem Ende einen Pfad, der, so vermutete er, parallel zur Landstraße verlief. Nun ging er langsamer; er keuchte und schwitzte, aber er war ihnen entkommen. Nie wieder würde er sich mit solchen Kerlen einlassen; das war nichts für ihn, bei aller Liebe zum Ungewöhnlichen. Verrückte Sachen konnte man auch erleben, ohne kriminell zu werden.

In der noch angenehmen Vormittagsluft wanderte er durch die Felder, kam vorbei an mehreren Gehöften, wo er nach dem Weg fragte und wo man ihm zu trinken anbot. Zwar hatte er selbst noch einige Dosen Bier und Cola im

Gepäck, doch die konnte er ja noch schonen. Stunde um Stunde marschierte er; bald stand die Sonne hoch im Zenit, machte die Luft heiß und die Farben blass mit ihrem grellen Licht, während Korn und Gräser reglos standen und munter die Lerchen sich zum Himmel schraubten und mit ihrem Trällern - von hier nach dort, von dort nach drüben - ein Netz von Tönen über die Landschaft spannten. Er seufzte. Wenn das so weiterging, würde er wohl noch lange bis Italien brauchen. Viel zu langsam kam er voran. Und je mehr er an Italien dachte, um so mehr rückte es in die Ferne und um so mehr verschwammen die Vorstellungen und Bilder, die er sich bereits gemacht hatte. Aber was bedeutete es letztlich, ob er sein Ziel einige Tage früher oder später erreichte; irgendwann würde er dort sein, und dann hätte er eine tolle Zeit.

Etwa zur gleichen Stunde bog in die Humboldt-Straße ein gelber Opel ein, am Steuer ein junger Mann mit dunklen Haaren. Langsam fuhr er an den Häusern vorbei, schaute nach den Nummern: zwölf las er; also musste sie noch ein ganzes Stück weiter hinten wohnen. Er war ein wenig aufgeregt. Wie mochte sie wohl aussehen? Hoffentlich war sie hübsch; ihre Stimme hatte jedenfalls sehr nett geklungen am Telefon. Zickig war sie bestimmt nicht, sonst hätte sie wahrscheinlich kaum eine Mitfahrgelegenheit per Zeitungsannonce gesucht; vielleicht war dies auch nur ein Vorwand - wer wusste es? Aha, Nummer siebzig! Hier ist es! Er hielt an und hupte - so wie vereinbart. Schnell schaute er noch in den Spiegel und legte sich die Haare ein wenig zurecht, danach fiel sein Blick auf die große Sonnenuhr im Vorgarten. Mein lieber Mann, war das ein Gerät - und dazu noch aus Bronzeguss. Gar nicht übel, dachte er. In dem Moment ging die Haustür auf, und heraus kam ein Mädchen in mittellangem Rock und T-Shirt, in der Hand eine große Reisetasche. Ein andächtiger Pfeifton entwich seinen Lippen. Himmel! Das war ja eine Superbraut - und diese Beine; vor Erregung zitternd streckte er den Arm zur Beifahrertür und öffnete sie. »Hallo«, grüßte er mit einem strahlenden Lächeln, das sie, indem sie ihre Tasche auf den Rücksitz legte, freundlich erwiderte.

»Guten Tag, Herr Fuller«, sagte sie und gab ihm die Hand. »Sie sind ja sehr pünktlich.« Dann setzte sie sich auf den Beifahrersitz und schloss die Tür. »So, von mir aus können wir.«

»Okay, von mir aus auch.« Ein wenig enttäuscht fuhr er los. Eigentlich hatte er ja damit gerechnet, dass sie sich duzen würden. Na ja, wenn sie es so wollte - letztlich war das auch kein Hindernis.

Sie drehte sich zu ihm. »Wie lange werden wir bis zum Chiemsee brauchen?«

»Etwa acht bis neun Stunden, denke ich. Wir können es ja langsam gehen lassen; das strengt nicht so an.«

»Ist mir recht.«

»Sind sie noch Schülerin?«

»Ja, ich komme jetzt in die Oberprima.«

Während er seine Zigaretten aus der Jackentasche kramte, sagte er:

»Na, Gott sei Dank habe ich mit Schule nichts mehr am Hut. Ich bin gerade als Ingenieur fertig geworden.« Er hielt ihr die Schachtel hin. »Auch eine?«

»Vielen Dank. Ich rauche nicht.« Sie schlug die Beine übereinander, so dass er, bevor sie den Rock richten konnte, für einen kurzen Moment ihre Schenkel zu Gesicht bekam. Heiliger Bimbam, dachte er und nahm einen tiefen Zug. Bestimmt war ihre coole Masche nur Fassade - in Wirklichkeit war sie womöglich eine ganz heiße Nummer. In diesem Fall war es wohl besser, anstelle der Autobahn die Landstraße zu nehmen.

»Zur Autobahn hätten wir aber hier rechts gemusst«, hörte er plötzlich.

Nach schnellem Überlegen erwiderte er:

»Ach, wissen Sie, ich fahre viel lieber Landstraße. Das ist

erstens sicherer und zweitens viel schöner. Außerdem geht es fast ebenso schnell, wenn man zügig fährt.« Er sah sie kurz an. »Oder was meinen Sie?«

»Von mir aus. Hauptsache wir sind morgen früh am Ziel.« Sie kramte ihre Jacke aus der Tasche und holte das Portemonnaie hervor. »Damit ich es nicht vergesse. Hier sind fünfzig Mark für den Benzinkostenanteil - wie abgemacht.«

Er steckte das Geld in die Hemdentasche. »Sie hätten es mir auch später geben können.«

»Wo wohnen Sie eigentlich in Bochum, Herr Fuller? Es interessiert mich deshalb, weil eine Freundin von mir auch dort wohnt.«

»In Querenburg, Fuchsbichler-Str. 10 - keine schlechte Gegend. Von dort aus ist es auch nicht weit zur Ruhr. - Waren Sie schon mal dort?«

»Ich glaube, ich bin mal mit meinen Eltern durchgefahren. Aber genau kann ich mich nicht mehr erinnern. Ist das nicht in der Nähe der Uni?«

»Genau dort.« Er zündete sich eine weitere Zigarette an. »Fahren Sie eigentlich zu Verwandten, Fräulein Grünewald?«

»Nein, ich besuche meinen Freund. Er wohnt in der Nähe von Prien.«

»Prien kenne ich auch; da bin ich schon als Sechzehnjähriger gewesen. Ist eine tolle Stadt, vor allem die Tanzlokale. Ich hatte mal eine Freundin dort - hat aber nicht lange gehalten. Sie war ein wenig prüde, wissen Sie - ich mag keine prüden Frauen.«

Gerade trat Jahn aus dem kühlen Dämmerlicht eines Gehölzes, da sah er vor sich endlich die lange Baumreihe der Landstraße und nicht weit davon ein kleines Städtchen. Dort angekommen, traf er bei der Einfahrt eines Hauses auf einen älteren Mann, der einen Haufen Mauersteine zu einem Stapel schichtete. Jahn blieb stehen und beobachtete ihn, wie er sich ächzend bückte, jedesmal zwei Steine aufhob und sie fortschleppte. Eine ganze Weile schaute er ihm zu, dann sagte er:

»Ziemlich heiß heute, nicht?«

Der Mann wandte sich um. »Wem sagst du das, Junge.«

»Ich könnte mir vorstellen, dass es bei dem Wetter angenehmer wäre, im Schatten zu sitzen und sich auszuruhen.«

»Du bist wohl ein kleiner Schlaumeier«, erwiderte der Mann, indem er sich den Schweiß von der Stirne wischte. »Guckst gern anderen Leuten bei der Arbeit zu, was?«

Jahn grinste. »Nicht unbedingt«, sagte er. »Ich packe auch gerne selbst mit an, wenn dabei etwas herausspringt.«

»Aha«, nickte der Mann nunmehr freundlich. »Und an wieviel hast du dabei gedacht?«

»An zehn Mark und ein Essen.«

Der Mann zog seine Lederhandschuhe aus und reichte sie ihm. »Abgemacht, Junge. Du stapelst mir die Steine auf und bekommst dafür zehn Mark und ein warmes Essen.« Er lächelte. »Wohl ein Student auf Reisen, was?«

»Fast richtig getippt. Ich bin Schüler und zur Zeit etwas knapp bei Kasse.«

»Na, dann spuck dir mal tüchtig in die Hände. Wenn du fertig bist, klopfst du an der Tür«, sagte er und verschwand im Haus.

Jahn kam mächtig ins Schwitzen, doch das Geld konnte er gut gebrauchen, und hungrig war er auch. Als er nach zwei Stunden alle Steine zu einem ordentlichen Stapel aufgebaut hatte, bat ihn der Mann in die Küche, wo er ihm sein Geld und auch seine Mahlzeit gab. Er setzte sich zu ihm an den Tisch und musste schmunzeln, denn Jahn schlang die Bissen hinein, als habe er seit Tagen nichts mehr gegessen.

»Wo willst du denn hin, Junge?«

»Nach Italien.«

»So, nach Italien also. Und das mit so wenig Geld. Sachen macht ihr jungen Burschen.«

Jahn sah kurz auf. »Nun, gestern hatte ich noch mehr Geld. Aber man hat mich bestohlen. Nur fünfzig Mark sind mir geblieben. Das heißt, jetzt sind es sechzig.«

»Dann sieh mal zu, dass du dich gut durchschlägst, Junge. Die Welt ist schlecht geworden. Heute Morgen erst sind im Nachbardorf ein paar von solchen Burschen in ein Geschäft gegangen und ohne zu bezahlen abgefahren. Sie waren mit dem Motorrad unterwegs. Aber die Polizei wird sie schon erwischen.«

Jahn zuckte kaum merklich zusammen. »Na, hoffentlich«, sagte er.

Nachdem er noch ein Glas Milch getrunken hatte, verabschiedete er sich und machte sich auf den Weg. Kurz hinter dem Ortsausgang blieb er stehen, in der Hoffnung, dass ihn jemand mitnähme. Doch dann musste er an die Motoradtypen denken. Was, wenn sie hier vorbeikämen und ihn entdeckten? Andy hatte ja gesagt, dass sie in diese Richtung fahren würden. Allein der Gedanke bereitete ihm Unbehagen. Er überlegte. - Es war wohl besser, sich einen Platz zu suchen, von dem aus man jederzeit in ein Versteck rennen konnte. So verließ er die Straße und ging parallel zu ihr durch die Felder. Bald danach stieß er auf einen Feldweg, der durch einen Buchenhain zur Landstraße zurückführte. Hinter dem Gehölz lag ein schmaler, bis an die Fahrbahn reichender Streifen Wiese, daneben ein Maisfeld. In das wollte er sich hineinflüchten, falls es sein müsste. Aber würden die Typen ihn nicht schon von weitem erkennen, wenn er dort an der Straße stand? Und hätte es dann noch Zweck, sich zu verbergen? Vielleicht war es ratsam, hier zu übernachten. Die Sonne stand ohnehin schon sehr tief. Und morgen könnte er dann in Ruhe weiterziehen. Bis dahin wären sie bestimmt schon vorbeigefahren.

Er streckte sich ins hohe Gras der Wiese, und während allmählich in zarten Schauern die Dunkelheit herabkam und die Luft abkühlte, trank er Bier und rauchte. Dort oben in der Nachtbläue schwebte noch ein Wölkchen; schon bald schimmerten die Sterne hindurch, immer heller, bis nur noch ein Hauch zu sehen war. Jahn ruhte still und lauschte in die Nacht. Von weitem hörte er ein Auto kommen - es wurde langsamer, dann fiel Licht auf den Weg und wippte, so wie der Wagen die Bodenwellen nahm, auf und nieder. Er hob den Kopf. Es war ein gelber Opel; schaukelnd fuhr er vorbei, wurde leiser und verschwand drüben im Wald. Erneut schaute er in den Himmel. Was Gerd und Udo jetzt wohl machten? Vielleicht gingen sie gerade tanzen, mit hübschen Mädchen, oder saßen mit ihnen am Strand, und vielleicht sahen sie genau wie er jetzt in die Sterne. Er seufzte. Wenn Gabi ihn nicht betrogen hätte, läge er hier nicht so allein, dann wäre er mit ihr unterwegs. Doch nun konnte sie ihm gestohlen bleiben. Sie war schuld an allem Ärger. Er dachte zurück an jenen Morgen, als er wütend in die Klasse gekommen war; er sah seine Kameraden, den Lehrer, und er hörte sich Gerd und Udo anschnauzen und am Ende der Stunde auch Stefanie. Dabei hatte sie ihm doch gar nichts getan. Deutlich sah er noch ihr Gesicht, wie sie ihn enttäuscht und wütend anblickte. Sie war ein liebes Mädchen. Aber leider waren sie immer noch zerstritten. Vorgestern in der Klasse hatte er ihr noch einen schönen Urlaub wünschen wollen, doch da sie ständig mit ihren Freundinnen zusammen gewesen war und wegen der Angst, sie könne wieder eine verächtliche Bemerkung machen, hatte er es dann gelassen. Ob sie ihm je wieder gut sein würde? Am liebsten hätte er sie jetzt in die Arme genommen und ganz fest an sich gedrückt.

Unmerklich wechselte die Szene, und so wie stets neue Bilder vor seinen Augen auftauchten, wieder verschwammen und dahinwehten, ließ er sich mit ihnen treiben, war weder wach, noch schlief er fest. Er sah Strand und blaues Meer, hörte die Wellen rauschen und den Ruf der Möwen, sah sie über dem Wasser fliegen; hell und durchdringend war ihr Schrei. Die Möwen verschwanden, nur die Schreie blieben. Er hörte sie immer noch. Aber klangen sie nicht anders als die von Möwen? Und woher kamen sie? - Irgendwas stimmte nicht mit diesem Traum. Er schlug die Augen auf, atmete tief und horchte. Die Laute waren noch da; sie kamen gedämpft, wie durch weite Lufträume herüber, und doch schienen sie irgendwie nah. Fast war ihm, als höre er die Stimme einer jungen Frau oder die eines Mädchens; sie klang verzweifelt. Mit geschärften Sinnen erhob er sich, schritt langsam in jene Richtung, aus der die Rufe kamen; er ging schneller, bis zum Wald. Die Stimme wurde lauter; rasch tauchte er in das tiefe Schwarz unter den Bäumen; jetzt rannte er. Dort auf einer Lichtung stand ein Wagen. Es war der Opel.

»Lassen Sie mich los!! Nein!!« vernahm er und im nächsten Moment: »Na komm schon! So cool wie du tust, bist du doch gar nicht!« Jahn sah Arme hinter der dunklen Scheibe, sah wie eine Frau sich aufbäumte und wehrte. Ohne zu zögern riss er die Tür auf, fasste den Kerl bei den Haaren und zog ihn von ihr weg. Erst jetzt begriff der Mann, wie ihm geschah, und indem er versuchte, aus dem Wagen zu kommen, prügelte er auf Jahn ein. Der brannte nun in bitterer Wut und schlug zurück, immer wieder und hart und fest, bis der Fremde genug hatte und zu Boden ging. Jahn wankte über die Lichtung zum Wagen hin.

»Alles in Ordnung mit Ihnen?« keuchte er. »Hat er Ihnen was angetan?«

»Nein«, schluchzte sie. »Sie kamen gerade noch rechtzeitig. - Vielen Dank.« Sie putzte sich die Nase. »Dieser Mistkerl! Mit so was habe ich doch überhaupt nicht gerechnet.«

Er fasste sie bei der Schulter. »Jetzt ist ja alles gut. Kommen Sie; es ist besser, wenn wir gehen. Morgen können Sie ihn bei der Polizei anzeigen.«

Sie nahm ihre Reisetasche vom Rücksitz, und Jahn half ihr bis zu jener Stelle, wo sein Rucksack lag. Dort setzten sie sich ins Gras. Er legte den Arm um sie, und während er sie tröstend ein wenig an sich drückte, spürte er, wie sie sich allmählich beruhigte, wie ihr Atem langsamer und gleichmäßiger wurde; irgendwie schien sie ihm vertraut - von der Stimme her, aber gerade, als er sie darauf ansprechen wollte, hörte er einen Motor aufheulen, sah den Wagen aus dem Wald kommen und erblickte im Kegel der Scheinwerfer ihr Gesicht. »Stefanie!!« rief er überrascht; sofort ließ er sie los.

»Jahn!! Was machst du denn hier!?« Verwirrt blickte sie ihn an. »Zum Kuckuck, Jahn, ausgerechnet du!« Sie griff sich in die Haare und seufzte, dann sagte sie enttäuscht: »Jetzt bin ich wohl vom Regen in die Traufe gekommen.«

Jahn glaubte, er höre nicht recht. »He, Moment mal! Meinst du vielleicht, ich freue mich, dich zu sehen!? Ich wusste ja nicht, dass du es bist, die da schreit!« schimpfte er und erregte wiederum ihren Zorn.

»So, und wenn, dann hättest du mich diesem Kerl wohl überlassen, was?!«

»Jetzt hör mal, du eingebildete Ziege. Ich wäre sogar einem Schwein zur Hilfe geeilt, wenn es so gequiekt hätte wie du!«

»Jahn Hoffmann! Das ist ja wohl das Letzte! Wie kannst du mich nur mit einem Schwein vergleichen?!

»Ach lass mich doch in Ruhe!« Er legte sich wieder hin und beachtete sie nicht mehr.

»Ich gehe jetzt! Dass du mir bloß nicht nachläufst!« drohte sie, erhob sich und zog von dannen - allerdings nur bis zum Straßenrand; dort blieb sie unschlüssig stehen. Vor ihr breitete sich die dunkle, ungewisse Weite der Nacht, während sie nur umzukehren brauchte, um in Jahns Gesellschaft sicher zu sein. Da ihr ein wenig kalt war, kramte sie in der Reisetasche nach ihrer Jacke. Ach du Schreck! Die lag ja noch ihm Auto - mit all dem Geld!!

Jahn drehte sich auf die andere Seite; er hatte ihren Schritten gelauscht, doch plötzlich war es still gewesen. Nun beobachtete er ihren Schatten, wie er hin und her ging an der Straße. Er fühlte, dass sie Angst hatte und nicht wusste, was sie tun sollte, und dies gab ihm eine finstere Befriedigung. Er konnte warten; ruhig schloss er die Augen und war glücklich und dankte dem Schicksal für diese Fügung. - Nach einer Weile, er musste kurz eingenickt sein, hörte er neben sich eine Tasche fallen und wie jemand sich ins Gras streckte. Er tat jedoch, als schliefe er fest.

»Ich habe Hunger«, sagte sie, aber er rührte sich nicht. »Hörst du, ich habe Hunger!«

Wie aus tiefsten Träumen gerissen kam er langsam hoch und rieb sich die Augen. »Ach, du bist ja noch da«, befand er gähnend. Dann öffnete er seinen Rucksack, holte ein Stulle heraus und reichte sie ihr. »Hier, ich hoffe, du magst das Brot von einem Fiesling.« Sie setzte sich hin und aß.

»Willst du ein Bier?«

»Hast du nichts anderes?«

»Nein.«

»Dann gib mir ein Bier.«

Sie nahm einen so großen Schluck, dass sie husten musste. Dann versuchte sie beim Essen möglichst leise zu sein, was ihr zunächst auch gelang, doch angesichts des großen Hungers und der Tatsache, dass es so gut schmeckte, vergaß sie bald ihren Vorsatz und fing laut an zu schmatzen. Die Freude, die Jahn dabei empfand glich jener, die er als Kind stets beim Füttern von Großvaters Kaninchen erlebt hatte. Als sie fertig war, hörte er ein langes, unterdrücktes Rülpsen.

»Hat es geschmeckt?«

»Ja, danke«, erwiderte sie, indem sie ein Stück näher zu ihm rückte. »Du, Jahn, es tut mit leid, dass ich vorhin so mies reagiert habe. - Aber weißt du - erst die Sache mit dem Typen, und dann tauchst plötzlich du auf - ich meine, wir haben uns doch in der letzten Zeit immer gestritten, und ich war echt sauer auf dich.« Sie rupfte einige Grashalme aus. »Ich war ja heilfroh, dass jemand kam - bloß, dass du ...ach, ich weiß auch nicht. Das alles war einfach zu viel für mich.«

»Ist schon in Ordnung. Komm, leg dich endlich hin.«

Sie streckte sich ins Gras und wandte sich zu ihm. »Aber ziehe aus dieser Situation bitte keine falschen Schlüsse, Jahn. Ich meine, du hast mir zwar geholfen, aber nicht, dass du jetzt denkst - na, du weißt schon. - Ich habe einen festen Freund.«

»Keine Angst. Ich will nichts von dir«, log er kühl und drehte sich um.

Stefanie seufzte. »So eine Scheiße auch. Und ich kann nicht mal zur Polizei gehen.«

»Wieso nicht?«

»Na, die benachrichtigen doch sofort meine Eltern, und dann ist es aus mit dem Urlaub. Noch am selben Tag würde mein Vater mich zurückholen.« Sie schwieg einen Moment. »Nein, das kommt überhaupt nicht in Frage. Und wenn ich zum Chiemsee laufen und die Leute um Essen anbetteln muss.«

»Verstehe ich nicht. Warum willst du denn betteln gehen?«

»Ach so, das weißt du ja noch gar nicht: Mein Geld ist weg.«

Jahn fuhr hoch. »Wie, dein Geld ist auch weg?!«

»Ach je! Deins etwa auch?!«

»Ja, ich bin heute beklaut worden. Nur sechzig Mark sind mir geblieben.«

»Schöner Mist!« schimpfte sie. »Meins steckt noch in der Jacke. Und die habe ich im Wagen liegen lassen. - Wie ist es denn bei dir passiert?«

»Ich bin bei so einem Typen eingestiegen. Der hat's mir während ich in einer Kneipe saß aus dem Rucksack genommen. Und als ich es gemerkt und das Geld von ihm zurückverlangt habe, da hat er mich an die Luft gesetzt.«

»Wieso hast du ihm denn nicht gedroht?«

»Hab' ich ja, aber das nützte nichts. War ein ziemlicher Muskelprotz.«

»So ein Mist. Was mache ich denn jetzt?«

»Ach, irgendwie klappt es schon.« Er zündete sich eine Zigarette an. »Sag mal, um welche Zeit bist du eigentlich von zu Hause weg, heute?«

»Vor drei Stunden etwa. Er wollte die Nacht durchfahren, weil er angeblich nachts lieber fährt.«

»Warum habt ihr denn nicht die Autobahn genommen?«

»Er hat gesagt, auf der Landstraße wäre es sicherer und auch schöner. - Dieses Miststück!«

»Weißt du seinen Namen?«

»Ja, und auch seine Adresse. Fuller heißt er und wohnt in Bochum, Fuchsbichler-Straße.«

»Warte ab. Wenn die Ferien vorbei sind, ist er dran. Wir werden ihn zusammen mit Gerd und Udo besuchen. Dann erlebt er sein blaues Wunder. - Und das Geld rückt er auch heraus.«

»Darauf freue ich mich jetzt schon.«

3. KAPITEL

Die ersten, rötlichen Sonnenstrahlen kamen gerade über den Horizont, als Jahn erwachte. Noch benommen setzte er sich auf; er hörte Vogelgezwitscher, sah das Gras und die Blumen um sich herum, blickte über die ganze Wiese und den Weg entlang zum Wald; er gähnte. Im frischen Tageslicht wirkte alles so anders; die gestrige Nacht war weit fort. Er hatte gefroren in der frühen Dämmerung, und seine Kleidung fühlte sich klamm an. Stefanie, die noch friedlich schlief, lag eingerollt wie ein Hündchen neben ihm, und es schien, als sei sie ihm ein wenig näher gerückt. Er betrachtete sie; auf ihren Wangen lag eine blasse Röte, die hochlief bis zur Nasenspitze, und ihre Lippen waren fülliger als sonst. Kaum vorstellbar, dass sie jemals ein böses Wort aussprechen könnten. Plötzlich schlug sie die Augen auf, so unerwartet, dass er ein wenig erschrak und sich ertappt fühlte. Sie blickte ihm ins Gesicht und lächelte.

»Bist du schon lange wach?«

»Nein, erst seit gerade.«

»Wieso hast du mich angeguckt?«

»Hm, du hast so komische Grimassen gezogen.«

»Du spinnst ja. - Hast du noch was zu Essen da?«

»Ja, eine Schnitte noch.« Er kramte in seinem Rucksack. »Ist aber schon ziemlich trocken.«

Stefanie brach das Brot in der Mitte durch, und obwohl es so hart war, schmeckte es ihnen vorzüglich; nur zu wenig war es. Dann nahmen sie ihre Sachen und gingen zur Fahrbahn.

»Und, wie soll es jetzt weitergehen?« fragte Jahn, während er mit halb zugekniffenen Augen die Weite der Landstraße maß.

Sie zuckte mit den Schultern. »Weiß nicht; am besten sieht jeder zu, wie er schnellstmöglich zum Ziel kommt.«

»Wird wohl das Beste sein«, meinte er. »Aber wir...« Er sprach nicht weiter, denn Stefanie ging schon ein Stück voraus. - »Hoffentlich kommt bald ein Wagen, der uns mitnimmt«, sagte sie, als er sie eingeholt hatte. Von weitem preschte ein Motorrad heran. Sie winkte, nur mal so. Plötzlich aber bremste der Fahrer, ein bieder wirkender Mann Mitte vierzig.

»Wo soll es denn hingehen, junge Frau?«

Stefanie musterte ihn unschlüssig; eigentlich hatte sie ja gar nicht damit gerechnet, dass er anhalten würde. Doch jetzt stand er da und wartete auf eine Antwort. Sie sah zu Jahn, der sich gerade bückte und etwas aus seinem Schuh holte.

»Wenn du es so eilig hast, fahr ruhig mit«, sagte er, indem er sich aufrichtete und fügte gequält heiter hinzu: »Hier hast du noch dreißig Mark. Aber dass du mir nicht übermütig wirst mit soviel Geld.«

»Ach nein, Jahn. Du hast doch selbst nicht mehr viel. Das kann ich nicht annehmen.« Sie sah ihm in die Augen.

»Doch, das kannst du. Los, steck es ein und verschwinde, bevor ich es mir anders überlege.«

»Okay. Danke, Jahn; das vergesse ich dir bestimmt nicht. Komm gut nach Italien.«

Nun wandte sie sich dem Motorradfahrer zu, der bereits einen zweiten Helm aus dem Koffer geholt hatte. »Ich muss zum Chiemsee - Richtung Würzburg, Ingolstadt.«

»Steig auf, Mädchen.«

Jahn sah sie noch lächeln, sah, wie sie im Beschleunigen den Mund verzog und sich an den Fahrer krallte. Da sauste sie hin. Für eine Zeit blieb er stehen, solange, bis sie an entfernter Biegung verschwand, dann setzte er seinen Weg fort. Er war wieder allein, mitten in einer Landschaft, die ihm plötzlich freudlos und dumpf erschien und das Wandern zu einer faden Angelegenheit werden ließ; er mochte sie gar nicht mehr ansehen. So senkte er den Kopf und stampfte über die Fahrbahn, am liebsten noch fester, bis der Asphalt Löcher bekäme. Warum hatte er sie auch nicht gebeten, bei ihm zu bleiben? Was war er doch für ein blöder

Hornochse! Laut begann er seine Schritte zu zählen, so dass es die Bäume hörten, und beachtete auch nicht die Wagen, die manchmal vorbeirasten. Nach einer Weile sah er auf. Da vorn war schon die Kurve, wo er sie aus den Augen verloren hatte. Er seufzte. Das Leben war schon ein seltsames Spiel; es gab und nahm, gerade wie es ihm passte. Er ging weiter und zählte in einem fort.

»He, die Zahlen von eins bis hundert haben wir doch schon im ersten Schuljahr gehabt!!« hörte er da plötzlich vom Graben her. Überrascht fuhr er herum.

»Stefanie!! Ich dachte, du bist schon über alle Berge!« strahlte er sie an, bemühte sich aber sogleich, seine Freude im Zaum zu halten.

»Wie du siehst, bin ich noch hier!«

»Und warum?« fragte er, doch eigentlich war ihm der Grund egal.

»Ach, weißt du«, sagte sie, indem sie zuerst ein wenig verlegen zum Boden schaute und ihm dann ins Gesicht grinste, »ich habe es mir überlegt: So ein Motorradhelm steht mir überhaupt nicht gut. Und außerdem habe ich mir gesagt: Der arme Jahn, der gerät bloß wieder in Schwierigkeiten, wenn er allein unterwegs ist.«

»Das muss gerade von dir kommen«, lachte Jahn. »Okay! Reisen wir also noch ein Stück gemeinsam.«

Sie schaute ihm in die Augen. »Freundschaft. Okay?«

»Freundschaft«, stimmte er zu.

Ein kleiner Traktor mit Anhänger kam des Weges. Als Jahn winkte, fuhr der Bauer langsamer und rief ihnen zu, sie sollten auf die Ladefläche springen. Dort legten sie sich auf einen Haufen leerer Säcke, tranken die letzte Dose Bier und plauderten. Jahn gab sich nach außen hin kühl, doch innerlich glühte er. Stefanie war schon ein liebes Mädchen. Manchmal, wenn das Gespräch erlahmte und ihr Blick sich in der durchsonnten Landschaft verlor, sah er sie verstohlen an, und manchmal musste er daran denken, dass sie einen anderen hatte. Es war eine seltsame Mischung aus

Glück und Traurigkeit, die in ihm brannte und abwechselnd mal das eine und mal das andere Gefühl hochkommen ließ, aufregend und schmerzlich zugleich und begleitet von dem Wunsch, diese Reise möge ewig dauern, ohne Ziel und ohne zu einer Entscheidung zu führen.

»Was machen wir eigentlich, wenn unser Geld aufgebraucht ist, Stefanie?«

»In Siegen rufe ich meine Eltern an. Sie sollen mir Geld nach Ingolstadt schicken. Bis dahin werden die sechzig Mark ja wohl reichen.«

»Ja, das denke ich auch. Aber meinst du, sie werden es dir so einfach schicken? Was willst du ihnen denn sagen?«

»Ach, mir fällt schon was ein. Vielleicht sage ich, der Wagen von diesem Fuller hatte einen Motorschaden, und danach habe ich mein Geld verloren.«

»Hm, klingt ganz vernünftig.« Er fasste sie kurz beim Arm. »Du, was ich dir noch sagen wollte. Es tut mir wirklich leid, dass ich dich in der Klasse so angeschnauzt habe.«

Sie lächelte. »Ist schon gut. Ich selbst war ja auch nicht gerade nett zu dir.«

»Okay«, sagte er, worauf ihm ein Seufzer entfuhr. Dann fügte er hinzu: »Ich hab' sogar am Nachmittag noch bei euch angerufen, weil ich es dir sagen wollte. Aber deine Mutter sagte, du wärst zur Theaterprobe nach Dortmund. Und danach hab' ich mich nicht mehr getraut.«

»Ach, dann warst du das? Sie erzählte mir, dass jemand angerufen hat, aber sie wusste den Namen nicht mehr.«

»Ich glaube, den hab' ich in der Aufregung auch gar nicht genannt. - Dass du Theater spielst, ist mir ja ganz neu.«

»Ich bin seit einem Jahr in einer Schauspielgruppe.«

»Ist schon komisch«, sagte er kopfschüttelnd, »da sieht man sich fast jeden Tag, und im Grunde weiß man fast nichts voneinander.«

»Bis jetzt wusste auch nur Monika davon. Du kennst doch unsere Klasse; die lästern doch nur, wenn sie so etwas hören.«

»Ich finde Theater spielen jedenfalls gut. Das macht eben nicht jeder.«

In der Stadt kauften sie zuerst Proviant für die Weiterreise. Danach gingen sie in den nahegelegenen Park, um zu essen. Unter mächtigen Eichen saßen sie auf einer Bank, zwischen sich all die herrlichen Sachen, und ließen es sich schmecken.

»Mensch, jetzt merke ich erst mal, was für einen Hunger ich hatte«, befand Stefanie.

Jahn nickte nur; er hatte den Mund noch mit Fleischwurst vollgestopft und kaute eifrig. Am Ende rülpste er laut und mächtig, worauf Stefanie ihn ungehalten anblickte.

»Kannst du das nicht leiser machen?«

»Tut mit leid, das geht nicht. Ist ein Geburtsfehler«, entgegnete er cool. Sie verzog den Mund und schwieg, versuchte dann ganz leise aufzustoßen, um ihm zu zeigen, wie es vornehm sei, doch brachte sie dabei einen so entsetzlichen Laut heraus, dass Jahn vor Lachen fast von der Bank fiel. Verlegen blinzelte sie zu ihm hinüber.

»Wo hast du denn das gelernt?« fragte Jahn.

»Ach Jahn, hol dich der Teufel«, erwiderte sie, drehte sich um und grinste heimlich.

Jahn zog indessen eine Tüte Erdnüsse aus dem Rucksack. Er warf die Nüsse hoch in die Luft und fing sie mit dem Mund auf. Als er merkte, dass Stefanie ihm interessiert zusah, gab er sich Mühe, sie noch höher und noch schneller nacheinander zu werfen. Das trieb er solange, bis sie meinte: »Sag mal, haben sie dich früher so gefüttert?«

Er musste lachen. »Probier's doch selbst mal. Ist gar nicht so leicht.«

»Gib her die Tüte.«

Sie warf eine Nuss in die Luft und verfehlte sie. Dann noch eine und immer mehr. Endlich hatte sie eine geschnappt.

»Bravo«, rief Jahn. »Applaus für die Meisterin!«

»Warte ab. Bald kann ich's noch besser als du.«

»Sag mal, wolltest du nicht telefonieren?«

»Ja, am besten, ich erledige das eben.«

»Ich komme mit.«

Sie spazierten in Richtung des Stadtzentrums. Unterwegs kamen sie an einem Sportgeschäft vorbei, in dessen Fenster Surfboards ausgestellt waren. Jahn presste seine Nase vor die Scheibe.

»Hui, guck dir mal die Bretter an. Echt stark, was?«

»Du kannst ja solange hierblieben und sie dir ansehen, Jahn. Ich bin gleich zurück.«

»Okay, ich warte hier auf dich.«

Während Jahn sich begeistert im Laden umschaute, ging Stefanie die Straße entlang und erkundigte sich nach einer Telefonzelle. Die erste funktionierte nicht, so musste sie mehrmals die Richtung wechseln, bis sie die nächste fand. Sie bat den Vater, ihr das Geld zu schicken, verschwieg jedoch den wahren Sachverhalt, um ihn nicht zu beunruhigen. Dann wollte sie so schnell wie möglich zu Jahn zurück und erkannte auch anfangs den Weg noch wieder, aber bald wurde sie unsicher. Hier war sie doch unmöglich schon vorbeigekommen. Zu dumm! Hätte sie nur besser achtgegeben oder sich den Namen des Sportgeschäftes gemerkt. Schließlich fragte sie nach dem Park. Von dort aus würde sie Jahn leicht wiederfinden.

Der war inzwischen unruhig geworden, denn seit ihrer Trennung war schon über eine halbe Stunde verstrichen. Langsam und stets ein wachsames Auge voraus, ging er die Straße hinab. Wo blieb sie denn nur? Ob ihr am Ende etwas passiert war? Ach nein, wohl nicht. Das wäre auch zu schrecklich. Oder hatte sie ihn einfach verlassen? Nein, das würde sie nicht tun - so jedenfalls nicht.

»Guten Tag. Erinnern Sie sich an den jungen Mann mit dem Rucksack, der gerade hier war und sich die Surfbretter angesehen hat?«

»Ja, Fräulein, aber der ist schon vor zwanzig Minuten gegangen.«

»Danke! Wiedersehen!«

Draußen blieb sie stehen und wartete. Verflixt, er wird doch nicht ohne mich gefahren sein. Vielleicht hat es ihm zu lang gedauert, und er sucht mich. Aber wo soll er mich suchen? Womöglich sitzt er im Park und wartet. Dort angekommt, lief sie über die Wiesen und rief seinen Namen. Niemand gab Antwort. Dann ist er wohl schon gefahren, dachte sie enttäuscht.

Als Jahn erneut am Geschäft vorbeikam und Stefanie noch immer nicht antraf, packte ihn Verzweiflung.

»Hallo, Sie«, rief jemand aus der Ladentüre, »gerade hat eine junge Dame nach Ihnen gefragt!«

»Haben Sie gesehen, wohin sie gegangen ist?«

»Nein, ich hatte einen Kunden zu bedienen.«

»So ein Mist«, fluchte er leise und dachte, wenn es überhaupt noch eine Chance gab, sie wiederzufinden, war es die, am Ortsausgang zu warten, denn dort musste sie, wenn sie weiterfuhr, früher oder später eintreffen. Um keine Zeit zu verlieren, rief er sich in der nächsten Gaststätte ein Taxi und ließ sich an der Straße nach Würzburg absetzen, wo er sich, nicht weit vom Ortsschild, ins Gras setzte und bei einem Bier den Verkehr beobachtete. Ob sie kommen würde? Den Abstand zur Stadt hatte er so gewählt, dass sie ihn auf keinen Fall übersehen konnte. Geduldig atmete er Wolken von Auspuffgasen. Als die Bierdose leer war, öffnete er eine neue. Über eines war er sich inzwischen klar: dieses Mädchen war superspitze. Wenn sie nur erst käme, dann würde er sie ausschimpfen und ihr die Meinung sagen - so was, ihn einfach sitzenzulassen! Doch sie kam nicht. Ob sie etwa vorhatte, in der Stadt zu übernachten? Wer wusste es? Andererseits hatte sie nicht genügend Geld, um ein Hotel zu bezahlen. Ein kleines Stück wollte er noch weitergehen, auf dass sie ihn sähe, falls sie vorbeikäme, aber danach würde er unweiglich den Daumen heben und mit dem erstbesten Wagen mitfahren. Aus dem kleinen Stück wurden Kilometer, die er in dumpfer Schwermut hinter sich brachte, und er hatte die Hoffnung schon aufgegeben, als plötzlich in einiger Entfernung vor ihm ein Auto anhielt und jemand aus dem Fenster winkte und rief:

»He, du Bekämpfer der Windmühlen! Was läufst du da herum, wo es doch mit dem Auto so bequem ist?!«

Jahn rannte was er konnte; er öffnete die Tür, stieg zu ihr auf den Rücksitz und sah sie stumm an; sie lächelte, und in ihren Augen las er, dass auch sie froh war. »Ich hab' schon gedacht, ich würde dich nicht mehr sehen«, keuchte er.

Sie drückte kurz seine Hand, spürte, dass er zitterte. »Ich auch«, sagte sie. »Ich hatte mich verlaufen, und als ich zum Geschäft kam, warst du schon weg.«

»Ich weiß, ich war kurze Zeit später noch mal da.«

Die ältere Dame am Steuer sah sich schmunzelnd um. »Na, jetzt habt ihr euch ja beide wiedergefunden«, sagte sie, worauf sie mit ihrer Beifahrerin einen vielsagenden Blick wechselte.

»Man soll auch immer zusammenbleiben, wenn man auf Reisen ist«, befand diese, während sie eine Schachtel Zigaretten aus dem Handschuhfach kramte. Nachdem sie sich eine angezündet und einen tiefen Zug genommen hatte, tat sie einen ebenso tiefen Seufzer. »Ach, ich wünschte, ich wäre noch mal so jung und verliebt wie ihr. Da hat man den Kopf noch voller Träume, und die Gefühle sind wie Sturm auf dem Meer.«

Die beiden auf dem Rücksitz schwiegen. Jahn schloss die Augen und atmete tief aus.

»Wisst ihr schon, wo ihr übernachten wollt, Kinder?«

»Nein, bis jetzt noch nicht. - Wir haben auch nicht viel Geld«, sagte Stefanie.

»Ja, ich weiß; in jungen Jahren, hat man immer zu wenig im Portemonnaie. Aber ich kenne da eine kleine Pension am Stadtrand. Da sind die Zimmer billig. Wenn ihr wollt, bringe ich euch dort vorbei.«

Jahn, der unsicher war, forschte kurz in Stefanies Gesicht. »Was meinst du?«

»Von mir aus, wenn wir uns das leisten können.«

»Na schön, Kinder, dann wollen wir mal auf die Tube drücken, damit wir noch rechtzeitig zu unserer Verabredung kommen. Los Anni, gib Gas.«

Die kleine Herberge lag, umgeben von stattlichen Buchen, unweit einer Straße, die, von hübschen Häusern gesäumt, über einen sanften Hügel lief. Von hier aus hatte man einen Blick auf die Stadt und das nahe Silberband des Mains. Als die beiden Damen dort vorfuhren, dunkelte es schon, und von den alten Fenstern fiel ein mildes Licht auf den kiesbestreuten Hof. Ohne den Motor abzustellen sagte die Fahrerin:

»So, da wären wir. Viel Spaß noch in eurem Urlaub.«

»Ja, und nochmals vielen Dank fürs Mitnehmen«, erwiderte Stefanie. Dann fuhr der Wagen davon.

In der kleinen, mit alten Möbeln bestückten Halle saß hinter dem Empfangstisch die Wirtin, eine mollige und durchaus freundliche Erscheinung mit Hornbrille.

»Guten Abend«, grüßte sie. »Die jungen Herrschaften möchten hier übernachten?«

»Ja, wir hätten gern zwei Einzelzimmer«, sagte Stefanie.

»Dann wollen wir mal nachsehen, was noch frei ist«, sprach sie gewichtig und blätterte in ihrem Buch, wenngleich Jahn sicher war, dass sie es auch so wusste.

»Da sind noch die Zimmer sieben und acht; die bieten außer Bad und WC eine schöne Aussicht auf die Stadt.«

»Gut, die nehmen wir.«

»Was kosten sie denn?« fragte Jahn.

»Zusammen vierzig Mark, ohne Frühstück.«

Jahn erschrak. »Wie hoch wäre denn der Preis für ein Doppelzimmer? Wissen Sie, zur Not könnte ich auch mit meiner Schwester zusammen schlafen. Sie schnarcht zwar sehr laut, aber für eine Nacht würde ich das wohl aushalten«, sagte er betont zwanglos, und Stefanie wäre am liebsten im Boden versunken.

70

Die Frau musterte die beiden eingehend über den Brillenrand hinweg; sie glaubte Bescheid zu wissen. »Nun, für ein Doppelzimmer würde ich Ihnen fünfundzwanzig Mark berechnen - ohne Frühstück, versteht sich.

Jahn sah unsicher zu Stefanie; sie schwieg, aber aus ihren Augen sprühte Feuer.

»Wir nehmen es«, entschied er kleinlaut, worauf die Wirtin ihm lächelnd die Schlüssel gab.

Kaum waren sie im ersten Stock, hatten die Tür hinter sich geschlossen und das Gepäck abgestellt, als Stefanie ihn wütend zur Rede stellte.

»Jahn Hoffmann, bist du eigentlich übergeschnappt?! Du glaubst doch wohl nicht im Ernst, dass ich mit dir unter eine Decke krieche. Und wie kannst du nur behaupten dass ich schnarche!? In meinem ganzen Leben habe ich noch nicht geschnarcht!« Sie warf sich aufs Bett, verschränkte die Arme und sprach keinen Ton mehr.

»Mir ist im Moment nichts Besseres eingefallen, Stefanie! Wir haben doch nicht so viel Geld! Ich übernachte auch auf dem Boden, wenn du willst!«

Jahn war todunglücklich darüber, dass er sich wieder alles verdorben hatte mit ihr. Er sah auf sie herab und hoffte auf ein nachsichtiges Wort. Die wenigen Augenblicke, die er dastand und wartete, erschienen ihm unendlich lang, und es pochte in ihm und fieberte, aber dann sank seine Hoffnung.

»Na gut, ich schlafe draußen«, sagte er kurz und verließ das Zimmer, rannte die Treppe hinab und aus dem Haus.

Angesichts dieses unerwarteten Aufbruchs fand Stefanie ihren Zorn mit einem Schlag verraucht; stattdessen rührte sich ihr Gewissen, und sie sah ein, dass sie ihm gegenüber unfair gewesen war. Er hatte ja recht mit dem Geld, und so schlimm war es ja nicht, wenn er mit ihr in einem Zimmer schlief. Sie hatte sich nur überrumpelt gefühlt und war darüber wütend geworden. Aber musste er deswegen gleich fortlaufen? Ach, dieser Jahn, irgendwann würde er sie noch um den Verstand bringen. Rasch zog sie ihre Schuhe an und sauste hinunter.

»Junge Dame! Vergessen Sie den Hausschlüssel nicht!« rief die Wirtin ihr nach. »Hier, nur für den Fall, dass es später wird.«

»Danke.«

Draußen vor der Tür blieb sie kurz stehen - klar und hell standen die Sterne in der Schwärze - dann schritt sie über den fahl schimmernden Kiesweg der Straße zu, vorbei an den dunkel ruhenden Bäumen und der feucht duftenden Wiese. Die Nacht war still, und doch war eine Unrast zu spüren: Ahnungen, die wie unsichere Wünsche in der Luft lagen, aber manchmal auch wie ein Bangen. Wo mochte Jahn stecken? Endlich glaubte sie ihn dort hinten beim Graben zu erkennen. »Jahn?« rief sie leise. »Bist du es?«

»Wer sonst?« brummte er zurück.

Indem sie sich zu ihm setzte, streichelte sie ihm flüchtig übers Haar.

»Es tut mit leid, dass ich dich angeschnauzt habe, Jahn. Aber dein Auftritt kam für mich so überraschend, da bin ich einfach ausgerastet. Du bist doch nicht mehr böse, oder?«

Er sah sie an. »Ist schon gut. War ja auch nicht fein von mir, zu behaupten, dass du schnarchst.«

»Nein, das war es auch nicht, du Ekel«, befand sie und gab ihm einen neckischen Stoß. Dann reichte sie ihm die Hand. »Frieden?«

»Frieden«, schlug er ein, und als er ihre Hand sanft und warm in der seinen spürte, da brannte und fror er zugleich und konnte kaum noch atmen, so stark ging sein Herzschlag.

»Was ist denn mit dir, Jahn? Du zitterst ja?«

»Mir ist nur etwas kalt«, sagte er leise. »Komm, lass uns spazieren gehen.«

Sie schlenderten die Straße hinab in Richtung der Stadt, traten abwechselnd vom Platanendunkel in die Lichtkreise der Laternen und waren still miteinander. Indes befiel Jahn eine schleichende Unruhe: So wie der Wind über ihm in zaghaften Schauern durchs Geäst lief, wurde auch er von einer Frage berührt, und so wie der Wind zunahm und verhalten wehte, begann ihn die Frage zu quälen, bis endlich die Luft in einem kühnen Rauschen auffrischte.

»Liebst du deinen Freund eigentlich, Stefanie?«

Eine Weile blieb sie schweigsam, dann sagte sie: »Ja, ich glaube. - Aber warum interessiert dich das?«

»Ach, nur so. Bist du schon lang mit ihm zusammen?«

»Elf Monate sind es jetzt.«

»Willst du ihn mal heiraten?«

»Ich denke ja. Wir werden uns irgendwo in Süddeutschland ein Haus bauen und eine Arztpraxis eröffnen.«

»Aha, ein angehender Arzt also. - Du hast deine Zukunft wohl schon ziemlich fest geplant, was?«

»Ja, wir haben schon über alles gesprochen, auch darüber, dass wir zwei Kinder möchten. Das wird bestimmt toll.«

»Freut mich für dich«, sagte Jahn und fühlte, wie sehr er log. »Trotzdem verstehe ich nicht, weshalb du schon heute so weit vorausdenkst.«

»Was ist falsch daran?«

»Ach, ich weiß auch nicht. - Irgendwie ist das Leben doch komisch. Wenn man jung ist, macht man noch alles mögliche, unternimmt verrückte Sachen; man hat Träume und fühlt sich stark. Es ist, als ob du auf einen großen Felsen kletterst; du schaust herab und pfeifst auf den ganzen Kleinbürgerkram; du atmest die Freiheit, und sie schmeckt wie Sekt. Immer höher steigst du, doch kaum siehst du vor dir den Gipfel, da lernst du jemanden kennen, den du heiratest, und auf einmal merkst du, dass du keinen Felsen hochgeklettert bist, sondern eine Rutschbahn. Du stehst oben, guckst auf das Schwimmbecken und denkst: Na ja, auch nicht schlecht; dort unten ist Wasser. Und du stellst dir vor, wie schön es beim Aufprall spritzt. Aber dann rutscht du los und landest statt im Wasser in einer riesigen, selbstgebackenen Apfeltorte.«

Nach einigem Schweigen sagte sie: »Hm, da ist schon was dran, aber so eine Apfeltorte kann auch gut schmecken, wenn sie richtig gebacken ist. Warum sträubst du dich also? Früher oder später fällst du doch hinein.«

»Glaub ich nicht. Wenn das passiert, ist's aus mit dem schönen Leben. Hast du erst eine Familie, steckst du voll drin im Filz. Für mich kommt es darauf an, frei zu sein und das zu machen, wonach mir der Sinn steht. Bis jetzt hab' ich immer neue Ideen, und ich tue Dinge, die andere Leute sich nicht trauen oder für verrückt halten würden. Und sollte ich trotzdem jemals auf den närrischen Gedanken kommen, in die Apfeltorte zu rutschen, dann nur mit einem Mädchen, das genauso denkt wie ich.«

Während sie in eine Straße mit hohen Häusern einbogen, dachte Stefanie nach. Obwohl Jahn in allem, was er tat, schon etwas aus dem Rahmen fiel, konnte sie sich nicht vorstellen, dass er es ernst meinte und schon gar nicht, dass er zu Taten fähig war, die das übliche Maß an Verrücktheit überstiegen. Und sie fühlte, wie die kühne Sicherheit, mit der er gesprochen hatte, ihren Unmut weckte. Jetzt würde sie ihn in die Zwickmühle bringen.

»Dir fällt also stets etwas ein, wie? Na gut, ich habe Hunger auf einen Pfirsich. Hast du eine Idee, wo wir mitten in der Nacht einen herbekommen?«

Sie sah sein überraschtes Gesicht und erwartete jeden Moment eine Ausrede, aber Jahn, der ihre Gedanken zu kennen glaubte, fragte nur: »Darf es auch ein Apfel sein?«

Verwirrt schüttelte sie den Kopf. »Ja - von mir aus auch ein Apfel.«

»Na, dann komm mit.« Er nahm sie beim Arm und steuerte auf die Tür eines der Mietshäuser zu. Mit diesem Spielchen hatte er schon Erfahrung.

»He, was hast du denn vor?!« fragte sie verblüfft und ließ sich nur widerstrebend mitziehen.

»Wir besorgen dir jetzt einen Apfel. Du wirst sehen, wie aufregend das ist.«

»Jahn, hör auf! Es war doch gar nicht so gemeint. Lass das doch! Ich wollte dich ja nur auf die Probe stellen.«

Im Schein des Feuerzeuges las er die Namen auf den Klingelknöpfen: »Meier, Rauchfuß, Schulze, Bremer, Leusch. Welchen nehmen wir?«

»Das kann doch wohl nicht dein Ernst sein! Lass mich sofort los!

»Denkste! Du wolltest einen Apfel; jetzt bekommst du auch einen!«

Mit einem Seufzer gab sie ihren Widerstand auf. »Oh nein, wenn das meine Eltern wüssten.«

Jahn grinste. »Versuchen wir es mal bei den Rauchfüßen«, sagte er und drückte auf den Knopf. Nichts rührte sich. Er klingelte nochmals. Endlich, nach einer kleinen Ewigkeit ging der Türsummer. Sie traten ein; Stefanie zitterte, und selbst Jahn schlug das Herz im Halse, doch jetzt gab es kein Zurück mehr. Hoffentlich gerieten sie nicht an einen launischen Hufschmied, der kein Verständnis für dynamische junge Herren besaß - so wie beim ersten Mal, als er sich mit Udo einen Apfel geholt hatte. Langsam erstiegen sie die Treppe, immer höher, während ihre Schritte hohl im Flur widerhallten. Rauchfuß! Aha! Jahn klopfte leise. Die Tür wurde geöffnet, und hervor lugte ein ungläubiges Gesicht. Es war ein Mann, der offensichtlich bemüht war, seine Pupillen auf die richtige Schärfe einzustellen.

»Ja bitte«, röchelte er. Der Türspalt vergrößerte sich. »Ist was passiert?«

Jahn wusste, jetzt ging es darum, überzeugend zu wirken; er streckte den Kopf nach vorn und sah dem Mann fest in die Augen. »Ich brauche ganz schnell einen Apfel.«

Herr Rauchfuß schien zu überlegen, ob er wohl träume. »Einen Apfel?«

»Ja, ganz schnell.«

»Was für einen denn?«

»Egal.«

»Moment mal.« Der Spalt wurde kleiner; der Mann verschwand, und Jahn dankte dem Herrn, dass es kein wütender Schmied war. Er horchte.

»Anna? - Anna, hör mal.«

»Hmm, ja - was ist denn. Warum weckst du mich? - Ohh, Walter, weißt du wie spät es ist?! - Es ist zwei Uhr!«

»Weiß ich auch, aber da sind zwei im Flur; die wollen einen Apfel.«

»Was wollen die?!«

An der Tür erschien ein zerknittertes Frauengesicht. »Wozu brauchen Sie denn mitten in der Nacht einen Apfel?«

Jahn wurde verlegen. »Ja, wissen Sie, es geht um eine Wette. Ich habe behauptet, dass ich um diese Zeit noch einen Apfel auftreibe.«

»Ach so, eine Wette. Ja, ja, das kenn' ich. Solche Wetten habe ich früher auch gemacht. Ich dachte schon, so was gibt's heute nicht mehr.«

Sie holte einen Apfel, drückte ihn Jahn mit einem zwar müden, aber auch wehmütigen Lächeln in die Hand und schloss die Tür.

»Danke«, sagte Jahn erleichtert.

Draußen auf der Straße konnte Stefanie immer noch nicht glauben, was sie erlebt hatte.

»Mensch, Jahn, du bist ehrlich verrückt. So etwas gibt es doch gar nicht. Da geht der Mensch um zwei Uhr morgens zu fremden Leuten und fragt nach einem Apfel - und ich gehe auch noch mit.«

»Was willst du? War doch irre, oder?«

»Das war schon superirre!«

Jahn drückte ihr den Apfel in die Hand. »Hier, lass ihn dir schmecken. Es ist ein Traumapfel.«

»Wieso ein Traumapfel?«

»Solche Äpfel sind was ganz Besonderes. Um sie zu bekommen, musst du über deinen Schatten springen, und schon wirst du lebendig; es prickelt in dir, und du spürst, wie dein Herz schlägt; du fühlst Angst, doch wenn du sie überwindest, bist du frei. Traumäpfel kannst du entweder allein essen, verschenken oder mit jemandem teilen. Dann ist es, als ob du ihm Träume schenkst oder mit ihm teilst. Und Träume sind Leben. Deshalb darf man nie aufhören, Traumäpfel zu suchen. Man findet sie überall, man muss nur Ideen haben. So wird das Leben selbst zu einem tollen Traum.«

»Das hast du schön gesagt. Aber wie kommst du bloß auf so was?«

Er schob die Hände in die Hosentaschen. »Ach, ich hab' irgendwann mal drüber nachgedacht. - Weißt du, heute macht doch kaum mehr einer was Aufregendes. Genauso einige aus unserer Klasse: Auf Feten besaufen sie sich nur und hängen herum. - Früher war ich ja nicht anders, aber dann bin ich darauf gekommen, dass das nichts bringt - immer nur im selben Trott.«

Langsam näherten sie sich dem Hügel, der nun, vom Mondlicht hell beschienen, wie ein Zauberberg in der Stille lag, und Stefanie aß ihren Apfel allein.

»Ob unsere Eltern hin und wieder auch noch Traumäpfel finden, Jahn?«

»Ich glaube nicht, vielleicht alle zehn Jahre mal einen.«

»Was wäre wohl, wenn alle Leute, ob jung oder alt, sich jeden Tag dutzendweise davon holen würden?«

»Das wäre spitze.«

»Hm, meinst du? Ich denke, zu viele Traumäpfel sind auch nicht gut.«

»Wieso nicht?«

»Weil die ganze Welt dann ein Chaos wäre. Stell dir vor, jeden Tag würden alle Menschen nur verrückte Sachen machen. Au weia.«

»Vielleicht hast du recht. Aber im Moment gibt es so viele Spießer, dass wir ein Chaos nicht zu befürchten brauchen. Je älter die Leute werden, desto weniger Traumäpfel holen sie sich. Oder kannst du dir vorstellen, dass deine Eltern bei so was mitmachen würden?«

»Keine Spur. Bis heute habe ich ja selbst nicht gewusst, dass ich dazu fähig bin. Das liegt wohl daran, dass ich ziemlich streng erzogen wurde.«

»Na ja, vielleicht ist es ja normal, dass unsere Eltern weniger Traumäpfel haben; vielleicht waren sie früher genauso wie wir und sind erst mit der Zeit so geworden.«

Stefanie überlegte; schließlich sagte sie: »Ich glaube, es ist eher so: Wenn man jung ist, gibt man nur Gas und hat tolle Ideen. Und dann kommen die Alten und bremsen einen. Würden sie aber nicht bremsen, kämen viele Unfälle dabei heraus. Und wäre die Bremse zu stark, würde nichts mehr laufen, dann gäbe es kaum noch Entwicklung. So passen die Alten auf, dass wir nicht übers Ziel hinausschießen, und wir sorgen dafür, dass sie selbst nicht steckenbleiben.«

»Das mag ja stimmen. Aber eins ist sicher, so wie es heute steht, haben die Alten zu wenig Traumäpfel. Ein paar mehr könnten gar nicht schaden. Ich glaube, die meisten haben völlig vergessen, dass sie auch mal jung waren. Und das ist einfach Scheiße.«

»So ist es.«

Beim Hotel angekommen, war alles dunkel und still. »Ach du meine Güte«, erschrak Jahn, »was machen wir denn jetzt?«

»Tja, was machen wir jetzt?« wiederholte sie scheinbar beunruhigt, zog aber dann den Schlüssel aus der Tasche. »Was würdest du wohl ohne mich tun, du Ausreißer? Doch damit du klar siehst, im Bett schlafe ich.«

»Okay. Nun mach schon auf.«

Im Zimmer gab sie ihm Decke und Kissen, und Jahn legte sich brav auf den Boden. Eigentlich war es ihm egal, wo er schlief, wenn es nur in ihrer Nähe war.

»Gute Nacht, Jahn. Träum was Schönes.«

»Du auch«, sagte er, verschränkte die Arme hinterm Kopf und starrte in die Dunkelheit. Mann, war das ein Tag gewesen - ein richtig toller Tag, und sie waren wieder Freunde.

Das mit dem Apfel hatte ihr ja mächtig imponiert. Irgendwie war sie, seit sie zusammen waren, eine andere geworden - das Bild, das er bislang von ihr gehabt hatte, war jetzt viel bunter und vielfältiger.

4. KAPITEL

Als am Morgen erstes Sonnenlicht durch die Fenster fiel, waren Stefanie und Jahn bereits wach. Für ein Frühstück im Hotel reichte das Geld nicht mehr. So machten sie sich, nachdem sie ihre Sachen gepackt hatten, auf den Weg, spazierten vorbei an den nachtvertrauten Bäumen, an der Wiese, an den alten Häusern bis hinab in die Stadt. Dort kauften sie Milch und Brot und aßen dazu von der Konservenwurst, die sie noch aus Siegen hatten. An eine kleine Mauer gelehnt saßen sie vor einem Park im Gras und ließen es sich schmecken.

»Wo bleiben wir denn heute Nacht, Jahn? Wir haben doch nicht mehr genug Geld.«

»Am besten, wir versuchen, bis kurz vor Ingolstadt zu kommen. Dort sehen wir uns nach einen Schlafplatz um.«

»Wenn du meinst.«

»Wann wird denn das Geld von deinem Vater da sein?«

»Morgen oder übermorgen, denke ich.«

»Na ja, dann müssen wir uns bis dahin eben so durchschlagen. Wird schon irgendwie gehen. Bis jetzt hat es ja auch geklappt.«

»Denke ich auch. Gib mir mal die Erdnüsse. Ich will es noch mal probieren.«

Er kramte die Tüte aus der Tasche und gab sie ihr. Sie warf eine Nuss in die Luft. »Und eins! - Ha! Siehst du, wie ich das kann? Und zwei! - Und weg ist sie! Und drei! - Verflixt! Das war nichts.«

Noch eine ganze Weile übte sie, während Jahn ihr vergnügt zuschaute und ihr Tips gab, die Sache zu perfektionieren. Schließlich erhoben sie sich und schlenderten die breite Straße entlang, blieben zuweilen vor Schaufenstern stehen, begegneten fröhlichen und ernsten Gesichtern. Noch hatten sie keine Eile; der Morgen war viel zu schön, und irgendwie fing die Reise an, richtig Spaß zu machen. Es war doch etwas anderes, langsam und schauend durchs Land zu ziehen, anstatt es schnell und unpersönlich mit dem Auto zu durchqueren. So erlebte man es viel näher und aufregender, besonders wenn man zu wenig Geld dabei hatte und nie wusste, was die nächsten Stunden bringen würden.

»Es ist schon komisch«, sagte Stefanie, »wir sind jetzt schon eine ganze Zeit unterwegs, und manchmal habe ich ein wenig Angst und frage mich, wie wird es weitergehen. Und dann geschieht wie aus heiterem Himmel etwas, das die Lösung bringt - fast so, als gäbe es jemanden, der uns beobachtet und unsere Gedanken liest.«

»Glaubst du vielleicht an so eine Art Vorsehung?«

»Ja, oft denke ich, es gibt so etwas. Nimm zum Beispiel den Fall mit dem Typen im Auto. Der hat mich doch voll 'reingelegt. Zuerst tat er lammfromm, so dass ich ihm vertraut habe, aber nach drei Stunden bog er auf einmal in den Wald ein, weil er sich ausruhen wollte, wie er sagte. Und dann ist er mir auf die Pelle gerückt. Weit und breit kein Haus. Ich bin fast wahnsinnig geworden vor Angst. Der hätte mich ja fertigmachen können, ohne dass jemand etwas gemerkt hätte. Doch plötzlich kamst du und hast mir geholfen. Das kann doch kein bloßer Zufall sein.«

»Hm, seltsam ist das schon.«

Sie lächelte versonnen. »Noch seltsamer ist, dass ausgerechnet du zur Stelle warst, derjenige, den ich in letzter Zeit am wenigsten riechen konnte.«

»Ja, das ist schon irre. Wenn es wirklich jemanden gibt, der über uns wacht, dann musst er so viele Traumäpfel besitzen, wie sich kein Mensch vorstellen kann.«

»Ich glaube, dass er viele Arten von Traumäpfel macht und es an uns liegt, ob wir sie annehmen oder nicht.«

»Mag sein.« Er dachte darüber nach, eine ganze Zeit, dann schweiften seine Gedanken wieder zu Stefanie, die still neben ihm schlenderte und sich die Schaufenster ansah. Ein Stück voraus, an einem Ladeneingang, saß ein zerzauster, armseliger Mann mit einem Pappschild in der

Hand. 'Ich bin in Not', war darauf zu lesen. Jahn kramte in seiner Hosentasche und warf ihm zwanzig Pfennig in den Hut. »Mehr hab' ich nicht übrig«, entschuldigte er sich.

»Vergelt's dir Gott, Junge.«

Während sie weitergingen bemerkte Stefanie: »Mein Vater sagt, er gibt solchen Leuten nichts. Sie würden sich ohnehin nur Schnaps für das Geld kaufen, und die meisten wären nur zu faul zum Arbeiten.«

»Mag sein, dass dies auf einige zutrifft. Aber woher willst du denn wissen, wer da gerade vor dir sitzt? Wenn du keinem was gibst, dann hilfst du auch denen nicht, die es wirklich nötig haben.«

Stefanie nickte. »Hm, stimmt auch wieder. Wer weiß, vielleicht sitzen wir in zehn oder zwanzig Jahren auch mal an einer Straßenecke.«

»Na, hoffentlich nicht.«

Als sie an einem großen Kaufhaus vorbeikamen, verspürte Jahn Lust, ein wenig Unfug zu treiben und sagte: »Komm, lass uns hineingehen und uns ein bisschen umsehen. Oder hast du es eilig?«

»Na gut, von mir aus.«

Direkt hinter dem Eingang befand sich die Kosmetikabteilung. Stefanie probierte einige Düfte aus, während Jahn sich unbemerkt eine Damenperücke auf den Kopf stülpte, ihr dann auf die Schulter tippte und mit kakeliger Stimme fragte:

»Darf ich Ihnen behilflich sein, meine Dame?«

Stefanie fuhr herum und erschrak, dann gluckste sie und wurde rot. »Jahn, du bist verrückt. Setz das Ding ab!«

»Wie wäre es denn mit dem neuen Geruch von Karl Lagerhaus? Damit fühlen sie sich absolut sicher. Kein Mensch wird sie mehr belästigen.«

»Jahn, hör auf. Die Verkäuferinnen gucken schon.«

Schnell tänzelte er zum Regal gegenüber, nahm eine Pakkung heraus und sprang erneut vor sie hin.

»Und hier haben wir das neue Tönungschampoo 'Glüh-wurm', damit man Sie auch im Dunkeln erkennt. Macht die Haare total glatzenfest. Oder nehmen Sie das neue Mund-wasser 'Vesuv'. Davon wird ihre Zunge so heiß, dass jeder, den sie küssen, in Flammen aufgeht.«

»Kann ich etwas für Sie tun, junger Mann?« ertönte plötz-lich hinter ihm eine Frauenstimme. Jahn zuckte zusammen, und Stefanie drehte sich kichernd weg.

»Ja, äh, wissen Sie«, stotterte er, »eigentlich wollte ich nur eine Banane kaufen.«

Die Dame wurde ungehalten. »Sie machen sich wohl lustig über mich!? Wenn sie eine Banane wollen, warum laufen Sie dann mit einer Perücke durch die Gegend?«

Erstaunt fasste er sich an den Kopf. »Nanu, wo kommt die denn her?« Er nahm sie ab und überreichte sie ihr, immer noch verblüfft. »Muss mir wohl beim Bücken auf die Frisur gefallen sein.«

»Ja, ja, beim Bücken«, grinste die Verkäuferin spöttisch. In dem Moment prustete Stefanie laut heraus vor Vergnü-gen.

»Entschuldigen Sie bitte, aber jetzt brauche ich schnell einen Pfirsich«, sagte Jahn und zog Stefanie mit sich.

»Ich denke, es war eine Banane«, hörten sie noch, wäh-rend sie lachend aus dem Laden rannten.

»Mann, du bist vielleicht eine Marke«, strahlte sie ihn an. »Fast hätte ich mich nass gemacht.«

Jahn schwieg, schritt nur mit einem zufriedenen Grinsen einher und war froh, ihr wieder ein Stück nähergekommen zu sein. Ob sie ihn wohl mochte? Zu gern hätte er sie ge-fragt, aber es schien ihm zu riskant. Er musste die Sache be-hutsam angehen, durfte sich durch voreilige Reden nichts verderben.

Am Ortsausgang hatten sie Glück und trafen einen Fahrer, der sie nach Nürnberg mitnahm. Von dort fuhren sie schon nach kurzem Warten mit dem nächsten Auto in Richtung

Ingolstadt, bis zu einer Abzweigung nahe einem Fluss, an dessen besonntem Ufer sie sich zu einer Rast niederlegten. Das Gras war warm und duftete, und sie ruhten dicht nebeneinander, tranken die letzte Dose Cola und hörten den Vögeln zu, dem Gurgeln der Strömung und dem leise raschelnden Schilf. Jahn sah auf Stefanies Hand, die kaum drei Zentimeter entfernt von der seinen lag, und er erinnerte sich an die letzte Nacht, als er ihren sanften Händedruck gefühlt hatte; wie wunderlich und bang war ihm da gewesen und wie tief und brennend der Schmerz in seiner Brust. Das war ihm noch bei keinem Mädchen widerfahren. Aber es war schön gewesen, und je mehr er daran dachte, je mehr wünschte er sich, es noch einmal zu erleben. Er ertappte sich, wie er unmerklich seine Hand zu der ihren schob, wobei er sich vorkam wie ein Dieb; er spürte, wie sein Herz anfing zu klopfen und ihm langsam, langsam die Luft raubte. Plötzlich berührte er sie, und da war ihm, als müsse er zerspringen. Doch ehe sein Zittern verriet, dass dieses Anfassen nicht zufällig war, zog er die Hand zurück. Er seufzte. Dann überlegte er, womit er sie zum Lachen bringen könne und ärgerte sich, weil ihm nichts einfiel.

Stefanie richtete sich auf. »Wir hätten doch mehr Cola und Bier einkaufen sollen«, sagte sie, während sie Beulen in die leere Dose drückte. »Hier gibt es weit und breit keinen Laden.«

»Stimmt, aber so viel wie heute haben wir ja auch sonst nicht getrunken.«

»Sollen wir weitergehen?«

»Von mir aus.«

Über dem heißen Asphaltband lag in der Ferne ein Flimmern wie das einer Wasserfläche, die, obwohl sie darauf zu marschierten, nie näher kam. Sie blieb unverändert; nur hin und wieder schwammen in ihr die zitternden Umrisse eines Wagens, wurden zunehmend fester und sausten vorbei, dann spielte ein angenehmer Luftzug in ihren Haaren.

Sie sprachen kaum miteinander, schauten nur manchmal in die endlos sich hindehnende Landschaft, die mit ihren Wiesen und Feldern, Bäumen und einsam liegenden Gehöften weitab im hellen Dunst brütete. Jahn sah, wie sehr sich Stefanie mit ihrem Gepäck abmühte.

»Komm, gib mir die Tasche«, sagte er und griff danach.

»Nein, lass, ich schaff' das schon.«

»Quatsch, gib her.«

Sie lächelte. »Na gut. Danke. Aber wenn sie dir zu schwer wird, nehme ich sie wieder. Okay?«

»Ja, Okay.«

»Du, was ich dich noch fragen wollte, wie heißt eigentlich die Stadt in Italien, wo Udos Eltern ihr Haus haben?«

»Portofino«, erwiderte er und merkte, wie unangenehm ihn dieser Name berührte. »Liegt ungefähr vierzig Kilometer südlich von Genua auf einer Landzunge.« Im Geiste sah er sich schon einsam durch trostlose Gassen wandern.

»Muss sehr schön sein dort.«

»Mag sein.«

»Puh, ist das eine Hitze. Ich hätte große Lust, schwimmen zu gehen.«

»Wem sagst du das?«

»Komm, gib mir die Tasche wieder. Du kannst ja schon nicht mehr.«

»Lass uns mal eine Pause machen.« Er legte die Sachen neben einen Kilometerstein in den Baumschatten. Dann ließ er sich ins Gras sinken, spürte, wie sein Herzschlag langsam ruhiger wurde. Nach einer Weile fragte er:

»Du, wie ist das eigentlich in eurer Theatergruppe? Ich meine, macht das Spaß?«

»Und ob, wir sind jetzt achtzehn Leute. Da ist ganz schön was los. - Du kannst ja mal mitkommen, wenn es dich interessiert.«

»Ja, das würde ich gern. Wie oft probt ihr denn?«

»Je nach dem: gewöhnlich einmal die Woche und kurz vor einer Aufführung jeden Tag.«

»Willst du das mal beruflich machen?«

»Ich glaube nicht - obwohl, unser Leiter gesagt hat, dass ich es könnte. Er sagt, ich hätte in dem einen Jahr mehr gelernt, als andere in fünf. Weißt du, ich habe einfach Spaß daran, aber mein Geld möchte ich damit nicht verdienen.«

»Was spielt ihr denn als nächstes?«

»Das Stück ist von Lina Wertmüller und heißt: Liebe und Magie in Mamas Küche.«

»Hört sich gut an«, sagte er und schwieg dann. Er malte sich aus, wie er sie zur Probe begleitete und am Ende sogar selbst mitspielte - sah sich als Romeo, wie er sie leidenschaftlich in die Arme schloss und küsste, während ihre Augen voller Liebe für ihn erglühten. Sie spielten großartig, eine Szene nach der anderen - das perfekte Team - und am Schluss brach ein gewaltiger Beifall los, so dass sie noch fünfmal auf die Bühne und sich vor dem Publikum verbeugen mussten.

»Was grinst du denn so?« riss sie ihn jäh aus seinen Träumen.

»Wie? - Ach, ich hab' nur nachgedacht.«

»Was machst du eigentlich so - ich meine, in der Zeit, wenn du nicht mit Udo durch die Gegend fährst?«

»Hm, eigentlich nicht viel. Ich spiele Klavier, lese, höre Musik - am Wochenende fahre ich manchmal zum Surfen - mache gern verrückte Sachen und schreibe Gedichte. - Das ist schon alles.«

»Wie!? Du schreibst Gedichte? Dass du verrückt bist, wusste ich ja, aber auf Gedichte wäre ich nie gekommen. Was sind denn das für Gedichte?«

»Ach, eigentlich alles, was mir so in den Sinn kommt. Aber ich kann keins auswendig«, fügte er hinzu, um der nächsten Frage vorzubeugen.

»Schreibst du mir auch mal eins?«

Er grinste. »Von mir aus - wenn mir was Gescheites einfällt.«

Sie blickte in die Ferne und seufzte. »Ob uns heute wohl noch jemand mitnimmt?«

Als die Dämmerung langsam heraufkroch und die ersten Autos mit Licht fuhren, gaben sie die Hoffnung auf. Müde bogen sie in einen Feldweg ein, um sich irgendwo dort draußen einen Schlafplatz zu suchen. Aus dem Weizen zu beiden Seiten schimmerten noch rot die Mohnblumen, die in dem Maße wie erste Gestirne unmerklich den Himmel bevölkerten, zu farblos silbrigen Wegzeichen verblassten. Und während eine milde Feuchte sich erfrischend auf Korn und Gräser senkte und man die Nacht riechen konnte, begann der Boden unter der abflauenden Hitze allmählich zu atmen.

Nicht weit entfernt von den Umrissen eines Bauernhauses stand neben einer knorrigen Eiche ein Heuschober.

Jahn öffnete die Tür und warf einen Blick hinein. »Hier bleiben wir«, sagte er.

»Hm, ist wohl das beste.«

Im Zwielicht stiegen sie eine Leiter empor und gelangten auf einen großen Boden, wo dunkel sich die Strohballen türmten. Nachdem Jahn einige von ihnen auseinandergerupft und daraus ein Lager bereitet hatte, legten sie sich seufzend nieder. Durch die Ritzen der bretternen Giebelwand konnten sie die Sterne sehen, und obwohl sie vom Wandern müde waren und es sicher bessere Bleiben als diese gab, überkam sie, während sie im stillen Einvernehmen beieinander ruhten, doch ein erregendes Gefühl, so dass ihnen war, als müssten sie diesen Augenblick fest im Gedächtnis behalten, weil er nie wiederkehren würde. Aber etwas störte ihr Glück:

»Ich habe Durst«, sagte Stefanie leise.

»Ich auch«, kam die Antwort. Jahn richtete sich auf. »Ob ich mal versuche, etwas zu organisieren?«

»Was hast du denn vor?«

»Ich schau mich nur mal um.«

»Sei aber vorsichtig.«

Stefanie sah, wie er die Leiter hinunter verschwand, hörte seine Schritte am Schober vorbeigehen, und bald darauf war es still. Über den Bäumen jenseits des Gehöftes hing schon der Mond; matt und silbrig lag sein Zauberlicht auf der Wiese, während Jahn mit hellwachen Sinnen sich dem Haus näherte und hoffte, dass es nicht von einem Hund bewacht wurde; er spürte den Nachttau durch seine Turnschuhe dringen. Ein wenig bang war ihm schon, so einfach bei fremden Leuten einzusteigen, aber das Risiko war Stefanie ihm wert. Vielleicht war ja noch jemand auf, so dass er um ein wenig Milch fragen konnte. Als er jedoch am Hof ankam, brannte nirgends mehr Licht; demnach schliefen schon alle. Dort drüben hinter der Tür musste die Milchküche liegen. Sie war offen. Ohne ein Geräusch, so wie früher beim Indianerspielen, schlüpfte er hinein und erblickte auf einem Tisch mehrere Milchkannen. Rasch holte er ein Markstück aus der Hosentasche hervor; das musste reichen; er legte es an die Tischkante. Da er nun, um die Milch zu transportieren, ein kleineres Gefäß brauchte, tastete er auf einem hoch hängenden Regal herum, als plötzlich einige Gegenstände scheppernd zu Boden fielen. Erschrocken hielt er die Luft an. Er horchte, doch es blieb still. Noch mal Glück gehabt. Rasch füllte er die Milch in ein Litermaß, setzte die Kanne ab und stieß dabei aus Versehen den Deckel vom Tisch. Verdammter Mist! Nur schnell weg jetzt! Da hörte er auch schon Stimmen und sah ein schwaches Licht unter der Tür durchscheinen. Heiliges Kanonenrohr! Was nun? Über den Hof fliehen konnte er nicht mehr, blieb ihm nur noch die Tenne. Hier sah er die Hand vor Augen nicht. Mit pochendem Herzen tastete er sich an der Wand lang, bis er mit dem Bein gegen einen Reifen stieß. Es war ein Traktor. Im Schein des eilig hervorgekramten Feuerzeuges entdeckte er gegenüber einen Stall, und kaum hatte er sich mit seiner Milch dort hineingeflüchtet und sich hinter den Trog ins Stroh gehockt, als das Licht anging und eine rauhe Stimme fragte:

»Heini, bist du das?!« - Stille. - »Heini, du brauchst dich gar nicht zu verstecken. Ich finde dich sowieso. - Na, komm schon! Ich bin dir ja nicht mehr böse, dass du heute mit Hans in die Disco gefahren bist!«

Durch einen kleinen Ritz in der Holzwand konnte Jahn den stämmigen Bauern beobachten, wie er sich angestrengt bückte und unter den Traktor schaute. Dann schlurfte er zur anderen Seite, sah kurz nach oben und erstieg die Leiter zum Heuboden. Au weia! Hoffentlich verschwindet der bald, dachte Jahn, während er die Luft nur fingerhutweise atmete. Und zu allem Überfluss merkte er jetzt, dass der Stall gar nicht leer war. Ein Kälbchen war aus der Dunkelheit zu ihm gekommen und fuhr ihm beharrlich mit der Zunge durchs Gesicht. Pfui Teufel! Dafür hasste er dieses Vieh, ebenso wie er sich hätte ohrfeigen können, dass er jemals auf diesen Hof gekommen war. Er bemühte sich, das Kälbchen beiseite zu drängen, aber es mochte ihn. Jahn war hilflos.

»Heini! Ich sag's dir im Guten. Wenn du jetzt nicht sofort kommst, werde ich böse. Dann kriegst du eine Tracht Prügel, die sich gewaschen hat!«

Der Mann kletterte die Leiter hinunter und verschwand durch eine andere Tür. Seine Stimme wurde leiser, und der Atem des Kälbchens war warm und roch nach frischer Milch. Jetzt wollte es auch noch an den Maßkrug heran, aber das mochte Jahn überhaupt nicht. Mit einem leichten Tritt vor die Läufe scheuchte er es in eine Ecke, wobei solcher Krach entstand, dass er vor Schreck steif wurde. Das konnte doch alles nicht wahr sein! Die Stimme des Bauern kam wieder näher.

»Heini, ich finde dich! Komm heraus, dann ist alles in Ordnung. Aber wenn du nicht gleich kommst...!«

Er stand nun vor dem Stall und warf einen Blick hinein. Jahn hörte deutlich sein Keuchen. Wenn ihn jetzt nur nicht das Kalb verriet.

»Heini? Bist du da drinnen?«

»Ach lass doch, Karl!« ertönte plötzlich eine Frauenstimme. »Wir reden morgen früh mit ihm. Der wird schon gleich kommen.«

Das Licht wurde gelöscht und die Türe geschlossen. Jahn spürte wie langsam der Krampf aus seinen Gliedern wich. Er seufzte, wischte sich noch den Schweiß von der Stirn und verließ dann den Stall. Jetzt war er sicher. Er benutzte sein Feuerzeug, um schneller die Türe zu finden und wollte sie gerade öffnen, da fühlte er sich unversehens von hinten am Kragen gepackt.

»Hab' ich dich endlich, mein sauberer Herr Sohn!« brüllte der Bauer und wirbelte den vermeintlichen Heini im Dunkeln herum, so dass dieser alle Milch verschüttete. Jahn war wie gelähmt, und als der Bauer endlich den Lichtschalter gefunden hatte und ihm überrascht ins Gesicht sah, glaubte er sterben zu müssen.

»Wer bist du denn?!«

Jahn begann zu stottern. »Ich.. äh.. ich..«

»Ein Dieb also! Gertrud! Ruf doch mal schnell bei der Polizei an! Wir haben einen Dieb im Haus!«

»Was haben wir?!« tönte es entsetzt, worauf die Bäuerin in der Milchküche erschien. Erstaunt blickte sie Jahn an, der immer noch den leeren Maßkrug in Händen hielt.

»Wer sind Sie, und was haben Sie mitten in der Nacht hier zu suchen?!«

»Ich hatte solchen Durst«, erwiderte er aufgelöst. »Aber als ich hier ankam, war schon alles dunkel. Da mochte ich Sie nicht wecken und hab' mir die Milch so genommen. Es tut mit leid.«

»Hm«, sagte die Bäuerin, und Jahn glaubte zu bemerken, wie anstelle der Strenge eine gewissen Milde in ihre Augen trat. »Nur Milch wollten Sie also.«

»Egal, was er wollte«, fuhr der Bauer dazwischen. »Er muss zur Polizei.«

»Darf ich denn noch wenigstens meine Sachen holen?« fragte Jahn. »Sie liegen da drüben im Heuschober.«

»Ha, du hältst mich wohl für ziemlich blöd, was? Und dann machst du dich davon!«

»Sie können ja mitgehen. Ich laufe nicht weg.«

»Nun lass ihn wenigstens sein Gepäck holen, wenn du ihn schon anzeigen willst«, sagte die Bäuerin ungehalten.

»Na gut«, murrte der Bauer, fasste Jahn beim Nacken und ging mit ihm hinaus in die Nacht. Wütend darüber, dass seine Frau ihm Vorschriften gemacht hatte, dirigierte er ihn wie einen Hund, der noch nicht an der Leine gehen konnte und stieß ihn, sobald sie am Heuschober ankamen, ebenso zur Tür hinein. »Du brauchst gar nichts zu versuchen. Hier gibt es keinen zweiten Ausgang«, sagte er spöttisch. Aber Jahns Sorge galt jetzt einzig Stefanie. Schnell kletterte er zu ihr hoch; schon von der Leiter aus sah er sie dort im Halblicht sitzen, und als er dann vor ihr stand und ihre hübschen Augen verwirrt zu sich aufschauen sah, wollte er verzweifeln. Er beugte sich an ihr Ohr.

»Es ist schiefgegangen«, flüsterte er. »Der Bauer will mich zur Polizei bringen. Du darfst jetzt keine Rücksicht auf mich nehmen. Es ist besser, wenn du allein weiterfährst.« Rasch kramte er noch einige Lebensmittel aus dem Rucksack und gab sie ihr.

Stefanie packte seine Hand, drückte sie ganz fest. »Jahn«, sagte sie nur und schien noch immer nicht zu begreifen.

Jahn schluckte. »Mach's gut, Stefanie.« Dann stieg er die Leiter hinab.

»Hat aber lange gedauert«, empfing ihn der Bauer vor der Türe.

»Ich hatte noch etwas im Stroh verloren«, erwiderte er, und in diesem Moment erst wurde ihm die Bitterkeit seiner Lage voll bewusst. Das konnte doch alles nicht wahr sein! Nun war er von Stefanie getrennt und würde sie die nächsten Wochen nicht mehr sehen! Es war aus! Der Urlaub war hin! Er würde ihn im Gefängnis verbringen! Gerade jetzt, wo er sich so gut mit ihr verstand, musste so etwas passieren! Und was, wenn ihr unterwegs etwas geschah?

Dann hätte sie niemanden, der für sie da wäre! So eine verdammte Scheiße auch! In seinem Kopf fieberte es; hin und her jagten die Gedanken, und er kämpfte mit den Tränen, bis er ihnen freie Bahn ließ. Er dachte an Flucht, doch der Bauer hielt ihn so fest, dass es ihm zwecklos schien. Dieser Mann kannte kein Mitleid.

Als sie in die Stube kamen, ging er gleich zum Telefon, und wenn Jahn bis zu diesem Augenblick noch einen Funken Hoffnung auf ein gutes Ende gehabt hatte, so war dieser nun erloschen. In einem letzten Versuch schrie er:

»Wissen Sie eigentlich, was Sie mir damit antun?!«

Überrascht hielt der Mann inne, während seine Frau ihn bittend ansah. Beide waren sie für einen Moment still, dann wandten sie sich Jahn zu, der sie mit seinen Blicken beschwor.

»Wie meinst du das, Junge?« sprach die Frau.

»Man hat mir mein Geld gestohlen«, sagte er verzweifelt. »Ich stehe fast ohne einen Pfennig da, und wenn Sie jetzt die Polizei rufen, bin ich erledigt. Ich bin kein Dieb, ich hab' Ihnen sogar eine Mark für die Milch hingelegt.«

»Ja, das stimmt, Karl; da liegt eine Mark auf dem Tisch. Er ist also kein Dieb. - Lass ihn doch laufen, Karl. Er hatte ja nur Durst.«

Eine Sekunde lang schien der Bauer zu schwanken, dann verhärtete sich sein Gesicht erneut. »Ach, eine Mark, wer weiß, ob sie nicht schon vorher da lag«, schimpfte er. »Und wenn schon! Er hat mein Haus ohne Erlaubnis betreten!«

Plötzlich wurde die Tür geöffnet, und herein kam Stefanie, mit einem dicken Bauch, den sie halb unter ihrem Mantel versteckt hielt. Jahn sperrte Mund und Augen auf; er begriff nicht recht, aber dann war er glücklich, dass sie so etwas für ihn tat. Sie blickte sehr ernst, und indem sie entschlossen vor die Bauersleute hintrat, sagte sie:

»Wenn Sie meinen Freund zur Polizei bringen wollen, müssen Sie mich auch mitnehmen. Wir gehören zusammen.«

»Mein Gott, Kind«, rief die Frau und stürzte aus dem Sessel auf sie zu. »Du bist ja hoch schwanger! In diesem Zustand kannst du doch nicht solche Reisen machen!«

»Beruhigen Sie sich«, entgegnete Stefanie kalt. »Ich habe noch etwas Zeit. Und wenn mein Kind hier irgendwo in den Feldern geboren wird, soll es mir auch recht sein. Uns hilft sowieso niemand. Man hat uns bestohlen. Und mein Freund hier, der Vater des Kindes, wollte nur etwas Milch für mich holen, weil ich mich so schwach fühlte. Und was tun Sie?!« entbrannte sie jetzt im Zorn. »Sie liefern ihn der Polizei aus!! Wie kann man nur so herzlos sein?! Gott wird Sie dafür strafen!«

Die Bäuerin verlor die Fassung. »Um Himmels willen, Karl«, bebte sie händeringend, »siehst du denn nicht, was du anrichtest?«

Ein wenig beschämt senkte der Mann den Kopf, während seine Frau nun endgültig in Tränen ausbrach:

»Oh Kind, das hab' ich ja nicht gewusst«, schluchzte sie, aber wurde gleichzeitig wütend und fauchte ihren Gatten an: »Von wegen die Polizei rufen, du Rauhbein! Wenn du auch nur den Hörer anfasst, kannst du was erleben!«

Dann tätschelte sie Stefanie die Wangen. »Keine Angst, Kindchen, hier passiert euch nichts mehr. Aber sag mal, wie kommt es denn, dass du in diesem Zustand unterwegs bist? Ich meine, wenn man schwanger ist, bleibt man doch gewöhnlich zu Hause.«

»Mein Freund und ich gehen noch zur Schule. Wir wollten kein Kind, aber nun ist es eben passiert. Meine Eltern haben verlangt, dass ich es wegmachen lasse, und das mochten wir nicht. Deshalb sind wir jetzt auf dem Weg zu meiner Tante. Die will uns aufnehmen.«

Mit verschleierten Augen schlug die Frau die Hände zusammen, und Jahn staunte, wie großartig Stefanie lügen konnte. Das war ja kaum zu glauben! Und als er sah, dass der Bauer von Stund an nichts mehr zu sagen hatte, ja sogar noch den Tisch für die hungrigen Gäste decken musste, wich alle Angst und Sorge von ihm. So saßen sie bald gemütlich in der guten Stube, aßen und tranken und logen der Bäuerin die Hucke voll.

»Bei Gott«, sagte sie, nachdem die beiden gegessen und ihre traurige Geschichte von Anfang bis Ende erzählt hatten, »so etwas von Mut hab' ich noch nicht erlebt. Ich hoffe nur, das euch alles gelingt.«

In dem Moment hörten sie eine Tür klappern und wie jemand die Treppe hinauflief.

»Das ist Heini, unser Sohn«, seufzte die Frau, wobei sie mit einem Blick nach oben deutete. »Der war wieder die ganze Nacht in der Disco, obwohl wir es ihm verboten haben.«

»Seien Sie ihm nicht böse. Wir gehen auch öfter in die Disco. Das macht großen Spaß«, sagte Stefanie.

»Na ja«, sprach die Frau milde, »aber jetzt will ich mal die Betten für euch machen.«

Stefanie erschrak. »Kommt überhaupt nicht in Frage. Sie hatten schon genug Mühe mit uns. Außerdem schlafen Jahn und ich viel lieber auf dem Heuschober. Wir wohnen in der Stadt, wissen Sie, und darum ist so eine Nacht im Heu etwas Besonderes für uns.«

»Na schön, wie ihr wollt. Ich kann das verstehen. Ich war ja auch mal jung«, zwinkerte sie ihnen zu.

Schließlich verabschiedeten sie sich; Jahn ging still neben Stefanie, aber sobald sie den Hof überquert und den Feldweg erreicht hatten, packte er sie und küsste sie auf die Wange. »Stefanie, du bist echt super«, sprudelte er hervor und wusste nicht, wie er seine Freude anders ausdrükken sollte. Da wich sie überrascht und für eine Sekunde empört zurück, dachte aber dann: Na ja, ein Kuss auf die Wange ist ja nicht so schlimm. Sie lächelte. »Hast du etwa geglaubt, ich lasse dich im Stich?«

»Ich weiß nicht mehr, was ich geglaubt habe; ich bin nur froh, dass es so ausgegangen ist«, erwiderte er und klopfte ihr neckisch gegen den Bauch. »Mann, ich dachte echt, ich träume, als du mit dieser Schwellung hereinspaziert kamst.« Er musste lachen. »Und was die beiden für Gesichter gemacht haben - als würden sie ein Ei mit Haaren sehen.«

»Ein Ei mit Haaren? Habe ich ja noch nie gehört«, grinste sie. »Aber du hast auch ziemlich dumm aus der Wäsche geguckt.«

»Kein Wunder, ich hätte nie für möglich gehalten, dass du so was bringst.«

»Denkst du, ich? Ich hatte einen ganz schönen Bammel! Aber dann habe ich mir einfach vorgestellt, ich stehe auf der Bühne.«

»Bis auf den fehlenden Applaus war's ja auch eine Supervorstellung. Stell dir nur vor, das alles wäre wahr, was du denen erzählt hast.«

»Heiliger Bimbam, lieber nicht.«

Jahn war es angenehm, so mit ihr durch die Nacht zu spazieren und zu plaudern; noch Stunden hätte er so mit ihr verbringen können, doch ehe er sich versah, waren sie am Heuschober angelangt. Nach dem Eintreten fasste er sie beim Arm. »Darf ich einer werdenden Mutter auf die Leiter helfen?«

»Oh, danke, mein Herr. Wie aufmerksam von Ihnen«, flötete sie, indem sie unbeholfen voranstieg, mit ihrer dikken Füllung.

Bald danach lagen sie wieder im Stroh, noch immer aufgeregt, aber glücklich. Jahn, dem das Essen vorzüglich geschmeckt hatte, rülpste laut, worauf es für einen Augenblick still blieb. Dann drehte sich Stefanie um, sah ihm angestrengt in die Augen und brachte ein so schreckliches Geräusch hervor, dass beide lachen mussten.

»Nun mach aber die Augen zu«, sagte sie, ließ noch ein paar wohlige Seufzer hören und war kurz darauf eingenickt.

Jahn indes war zu kribblig, um zu schlafen. In Gedanken ließ er die Ereignisse noch einmal Revue passieren, und immer, wenn er zwischendurch einen Blick auf Stefanie warf, schien ihm alles wie ein Traum. Dann erinnerte er sich an das Versprechen, ein Gedicht für sie zu schreiben. Er dachte nach. - Es durfte nicht zu blumig sein, auch nicht zu karg. Mit wenigen, aber den richtigen Worten mußte er sagen, wie er sie sah, was er für sie fühlte, wovon er träumte - und all das, ohne zu schleimen. Er wollte sie treffen, mitten ins Herz, und ihr klarmachen, dass ein Leben ohne ihn absolut und todsicher verpfuscht wäre. Er mußte es jetzt tun, bevor die Ideen in seinem Kopf wieder verschwammen. Rasch kramte er sein Notizbuch hervor, schlich sich hinüber zur Giebelwand und kritzelte dort im fahlen Licht, das durch die Ritzen fiel, ein paar Zeilen, strich sie wieder durch und begann von vorn. Dies wiederholte er mehrmals, dann war es vollbracht. Er war zufrieden. Behutsam riss er das Blatt heraus, faltete es und schob es, nachdem er zurückgekrochen war, in Stefanies Manteltasche. Mit unter dem Kopf verschränkten Armen legte er sich zu ihr, malte sich aus, wie ihr wohl zumute sein würde, wenn Amors Pfeil sie traf.

5. Kapitel

Es war die Zeit der kühlen, grauen Morgendämmerung, als Jahn erwachte. Die Heuballen türmten sich im Halblicht zu einem vieldeutigen, dunkelfremden Bauwerk. Träume ruhten darin, von Spinnen umwoben - trostlose Trümmer einer versunkenen Welt. Nichts schien mehr geblieben vom Zauber der Nacht. Er schaute zu Stefanie, die noch fest schlief und sich nicht regte. Wie schön sie doch war - und wie schön zu wissen, dass sie jetzt Freunde waren. Vielleicht würde ja bald mehr daraus, vielleicht. Er stand auf und sah nach draußen; dunkle Wolkenmassen trieben am Himmel. Dann weckte er Stefanie.

»Ist es schon Tag?« gähnte sie.

»Ja. Hast du gut geschlafen?«

»Wie ein Murmeltier.« Sie richtete sich auf. »Und Hunger habe ich. - Was gibt es denn zum Frühstück?«

»Dafür ist keine Zeit. Wir sollten von hier verschwinden, bevor die Bäuerin kommt und fragt, wie es dir geht.«

»Oh, Gott, bloß das nicht.«

So machten sie sich eilig davon in der Morgenkühle; erst als sie die Straße erreichten, ließen sie sich unter einem Baum nieder und aßen ein wenig.

»Mistwetter. Hoffentlich gibt es keinen Regen«, meinte Jahn.

»Sieht ganz so aus.«

»Dahinten kommt ein Wagen. Ich winke mal.« Er sprang auf.

»Der nimmt uns bestimmt nicht mit.«

»Doch, er hält.«

»Na, wo soll es denn hingehen?« fragte der Fahrer, ein älterer Mann in Jägerkluft.

»Nach Ingolstadt.«

Dort angelangt, schlenderten sie über den Wochenmarkt, feilschten um ein paar Bananen und Äpfel und trieben sich dann in den Straßen herum, bis es zu regnen anfing und sie sich in ein Café setzten.

»Ich glaube, wir gehen gleich mal zur Post«, sagte Stefanie. »Vielleicht ist das Geld schon da.«

Jahn schlürfte seinen Kakao. »Und wenn nicht? Nach Abzug der Getränke bleiben uns nur noch zehn Mark.«

»Hm, ich weiß auch nicht. Draußen schlafen fällt jedenfalls aus bei dem Wetter.«

»Ich hab's«, grinste er. »Wir kaufen eine Flasche Fusel und betrinken uns.«

»Und weiter?«

»Dann warten wir, bis die Polizei kommt und uns für eine Nacht einlocht.«

»Ach nein, nur einlochen? Warum lassen wir uns nicht gleich im Streifenwagen bis zum Chiemsee bringen?« Sie gab ihm einen Stoß in die Seite. »Jetzt aber im Ernst. Was machen wir?«

»Lass uns erst mal gehen. Mir fällt schon was ein«, sagte er und stand auf, um die Rechnung zu bezahlen. Eigentlich, wenn er es recht bedachte, war ihm die Vorstellung, noch eine Weile knapp bei Kasse zu sein, ganz angenehm. Das würde zwar vieles komplizieren, aber gleichzeitig auch die Weiterreise verzögern. Deshalb war er froh und erleichtert, als man Stefanie auf der Post sagte, es sei noch kein Geld eingetroffen.

»So ein Mist«, schimpfte sie. »Na ja, wäre auch ein Wunder gewesen.«

»Weißt du was, wir gehen einfach in ein Hotel.«

»Einfach so?«

»Warum nicht? Die meisten Gäste zahlen erst, wenn sie abreisen. Was soll uns also passieren?«

»Wenn du meinst. Wird wohl das Beste sein.«

»Suchen wir uns ein ganz billiges.«

»Vielleicht sollten wir lieber eines der Mittelklasse nehmen. Monika hat mir erzählt, dass sie in den einfachen Hotels manchmal sofort abkassieren.«

»Meinst du? Hm, womöglich hast du recht.«

»Wir werden ja sehen.«

Der Portier schaute ein wenig befremdet, als er die beiden mit Rucksack und Tasche durch die kleine Empfangshalle auf sich zukommen sah. Er hüstelte, schob dann seine Brille auf die Nasenspitze und fragte herablassend:

»Sie wünschen?«

Jahn blieb ruhig. »Wir hätten gern ein Zweibettzimmer. Was kostet das?«

»Wie lange gedenken Sie zu bleiben?«

»Ein oder zwei Tage.«

»Das macht fünfzig Mark für die Nacht.«

»Oh, das ist aber sehr billig«, befand Jahn, nachdem er den Schreck überwunden hatte.

»Sind Sie verheiratet?«

»Wir sind Geschwister.«

»So, Geschwister.« Er musterte die zwei. »Nun, dann bekomme ich fünfzig Mark von Ihnen.«

Jahn schluckte, aber Stefanie kam ihm zur Hilfe. In ebenso kalter und herablassender Weise fragte sie:

»Ist es hier allgemein üblich, dass die Gäste ihre Zimmer im voraus bezahlen?«

»Nun, äh, normalerweise nicht...«

»Na schön, dann begleichen auch wir unsere Rechnung bei der Abreise. Ich muss mich doch sehr wundern! Im Hotel unseres Vaters hätte man Sie für diese Unverschämtheit entlassen.«

Verlegen fuhr sich der Mann durch die Haare. »Entschuldigen Sie. Ich wusste ja nicht...«

»Dürfte ich jetzt bitte den Zimmerschlüssel haben?«

»Gewiss doch. Hier, bitte - vierter Stock. Und entschuldigen Sie bitte nochmals.«

»Schon gut«, erwiderte Stefanie, ohne ihn eines weiteren Blickes zu würdigen. Erst als sie ihm Aufzug standen, fing sie an zu zittern. »Ich wäre fast gestorben«, seufzte sie.

Jahn blies die Luft aus und ließ sich rückwärts gegen die Wand fallen. »Mensch, das war ja wieder 'ne coole Nummer. Du wirst echt immer besser.«

Sie lächelte. »Ja, meinst du? Ich habe ja auch noch nie so viel gelogen wie in diesen Ferien.«

Die nächsten Stunden verbrachten sie auf ihrem Zimmer, das mit blauem Teppichboden, Sitzecke, Tisch und zwei bequemen Sesseln ausgestattet war. Jahn lag neben Stefanie auf dem Bett und las ein Buch, aber nur scheinbar; in Wahrheit weilten seine Gedanken bei ihr. Er überlegte, was wohl geschähe, wenn er sich einfach zu ihr drehte und sie küsste. Ob er so etwas wagen konnte? - Vielleicht wartete sie ja bloß darauf. Er schwankte. - Ach nein, am Ende wäre sie entsetzt und gäbe ihm eine Ohrfeige, und damit wäre alles verdorben. - Andererseits hatte er es oft in Filmen so gesehen: wenn der stürmische Freier die Geliebte plötzlich an sich riss und sie durch einen ewig langen Kuss willig machte. - Aber das waren wohl nichts als die Ideen von romantischen Bettnässern. Verflixt! Warum war im wirklichen Leben auch alles so schwierig? Unmerklich schielte er zu ihr hinüber. Sie feilte ihre Fingernägel. Wüsste sie doch nur, wie es in ihm brannte. Und wann würde sie wohl endlich sein Gedicht finden?

»Ich habe Hunger«, sagte sie.

»Ich auch.« Musste sie denn unbedingt jetzt ans Essen denken?

»Lass uns nach unten ins Restaurant gehen.«

Dort führte sie der Kellner an einen Tisch an der Fensterreihe und brachte ihnen die Karte. Jahn sah sich um. »Ganz ordentlicher Schuppen hier. Findest du nicht?«

»Haben wir uns ja auch verdient, nach dieser Tour.« Sie sah kurz auf. »Trotzdem, ich fand es bis jetzt ganz toll. - So viel habe ich in kurzer Zeit noch nie erlebt.«

Darüber freute sich Jahn, ließ sich aber nichts anmerken. »Was nimmst du?« fragte er.

»Sauerbraten. Und du?«

100

»Ich weiß nicht. Ich glaube, ich bestelle mir Hähnchen.«

»Welchen Wein nehmen wir?«

»Willst du wirklich Wein trinken? Guck dir mal die Preise an.«

»Macht nichts. Wenn schon, denn schon.«

»Na, meinetwegen. Ich bin für Beaujolais.«

Nachdem sie mit dem Essen fertig und so satt wie nie in ihrem Leben waren, goss Stefanie Wein nach und erhob ihr Glas. »Prost«, lächelte sie, »auf unsere Traumäpfel.«

»Darauf trinke ich«, sagte er und merkte, wie ihm der Wein langsam zu Kopf stieg.

»Willst du eine Zigarre?«

»Was soll ich denn mit einer Zigarre?«

»Mein Vater raucht nach dem Essen immer eine Zigarre. Ich möchte gern mal sehen, wie du mit so einem Ding aussiehst.«

Jahn musste lachen. »Du bist verrückt. Ich rauche doch hier keine Zigarre.«

»Warum nicht? Mach doch mal.«

»Na gut, wenn du es unbedingt willst.« Er winkte dem Kellner.

»Sie wünschen?«

»Bringen Sie mir bitte eine Zigarre.«

»Eine Havanna«, sagte Stefanie.

Für einen Moment schaute der Kellner erstaunt, tat aber dann wie ihm gesagt, und kurz darauf paffte Jahn, was das Zeug hielt. Aus einer dicken Rauchwolke heraus fragte er: »Na, zufrieden?«

»Ja, du siehst aus wie ein kleiner Hemingway.«

»Wem die Stunde schlägt«, erwiderte er trocken, fiel aber sodann in einen Hustenkrampf. »Jetzt ist es aber genug«, röchelte er. »Ich mach' das Ding aus.«

Stefanie grinste. »Ist vielleicht auch besser, sonst verteilen sie hier gleich Nebelhörner an die Gäste.«

Sie betrachtete ihn. »Weißt du, eigentlich hätte ich nie gedacht, dass du so nett bist. Bisher nahm ich an, du wärst so wie die meisten: einfach ein Typ, ganz in Ordnung, aber eben nur ein Typ.«

Er schmunzelte verlegen. »Genauso geht es mir mit dir. Ich fand dich zwar schon immer nett, aber irgendwie bist du jetzt eine andere für mich. - Ich weiß auch nicht, vielleicht liegt es daran, dass man gegenüber Menschen, die man nicht so gut kennt, eine Maske trägt. Man zeigt sich nie ganz, wie man wirklich ist. - Warum das so ist, weiß ich auch nicht - vielleicht, weil man Angst hat.«

»Kann schon sein. - Doch ich glaube, es ist auch ein Unterschied, ob man mit jemandem allein ist oder in einer Clique. Wenn du zum Beispiel mit Udo, Gerd und den übrigen zusammen bist, spürt man das ganz deutlich.«

»Hm, ja, da ist was dran. Aber meist merkt man das selbst gar nicht. Und wenn man es merkt, kann man kaum was dagegen tun. - Eigentlich wird unser Verhalten größtenteils von dem unserer Mitmenschen bestimmt. Auf Gunters Fete zum Beispiel: Ich hatte mir fest vorgenommen, dir was Nettes zu sagen. Doch dann kamst du mir auf der Treppe entgegen und meintest: ›Ach, du schon wieder!‹ Und da hab' ich, ohne zu überlegen, ebenso pampig geantwortet.«

Sie nickte und trank von ihrem Wein. »Ich weiß, ich war auch kein Engel. - Das mit Gabi hat dich wohl ganz schön getroffen. - Denkst du noch oft an sie?«

»Manchmal noch - am ersten Tag war es ganz schlimm, aber dann hab' ich mich ziemlich schnell damit abgefunden - sie war jeden Tag weiter weg. Ich glaube, wenn ich sie vorher sehr lange gekannt hätte, wäre es schwerer für mich gewesen.«

»Ja - das habe ich auch mal erlebt - da war ich vierzehn.« Sie musste lachen. »Mein Gott, habe ich geheult.«

Er schmunzelte, lehnte sich mit einem zufriedenen Seufzer zurück. »Und was machen wir jetzt?« fragte er.

»Ich hätte Lust, in eine Disco zu gehen. Was hältst du davon?«

»Okay, suchen wir uns eine Disco.«

Buntes Licht flackerte über der spiegelnden Tanzfläche, während Jahn sein Bestes gab, Stefanie mit den allerneuesten Schritten zu beeindrucken, für die er zu Hause lange geübt hatte. Er bewegte sich sicher, und die bewundernden Blicke, die ihn manchmal von seiten der anderen trafen, waren ihm ein seelisches Fußbad. Dennoch hoffte er, man würde bald langsamere Musik spielen, damit er Stefanie in seinen Armen wiegen konnte. Als es aber endlich soweit war und sie ihm die Hand reichte, spürte er plötzlich wieder diese sonderbar lähmende Erregung in der Brust. Nur ruhig jetzt, dachte er, nur nichts anmerken lassen. Er drehte sie schwungvoll herum und war überrascht, wie leichtfüßig sie tanzte. Hin und wieder sah er sie mit einem verschämten Lächeln an, worauf sie stets zart seine Hand drückte. Ob dies bedeutete, dass nun seine Stunde gekommen war? Er roch den Duft ihrer Haare; ihr Körper war warm und schien zu glühen, und bald ertönte die Musik zum Klammerblues; da zog er sie ein wenig näher an sich heran, was sie sich auch gefallen ließ; er musste sich beherrschen, um nicht zu zittern. Warum war er auch bloß so aufgeregt? Langsam verringerte er den Abstand, und gerade wollte er den Kopf an den ihren legen, als sie zurückwich und ihm durch einen Blick zu verstehen gab, dass sie nicht mochte. Also doch hoffnungslos! Ein heiße Röte schoss ihm ins Gesicht, und er schämte sich, diesen Versuch gemacht zu haben. Sie hatte ja auch einen Freund. Wie dumm von ihm, zu glauben, er könne sie von ihm loseisen.

»Ich hab' Durst«, sagte er. »Lass uns ein Bier trinken.«

»Wie du meinst.« Sie folgte ihm an die Bar. Dort setzte sich Jahn auf einen Hocker und trank stumm sein Bier. Er starrte auf ein kleines Mobile, an dem über der Bar zwei kleine Herzen vom Luftzug bewegt wurden. Er selbst hatte auch mal eines gebastelt; es funktionierte nur, wenn die Gewichte beider Seiten gleich waren.

Stefanie fühlte, dass etwas nicht stimmte. »Was ist denn auf einmal los mit dir?«

»Gar nichts«, brummte er.

So blieb sie still neben ihm und rätselte, was der Grund für seinen Missmut sei, bis sich ihr von hinten ein schwarzhaariger Mann näherte, der ihr auf die Schulter tippte und selbstsicher fragte:

»So allein! Wie wär's mit einem Tänzchen?«

»Nein, danke. Keine Lust«, erwiderte Stefanie, indem sie sich kurz umdrehte und ihn mit einem gelangweilten Blick musterte.

»Bist dir wohl zu fein, mit mir zu tanzen, was?« Er griff ihren Arm.

»Lass mich sofort los«, erregte sie sich und sah hilfesuchend zu Jahn hinüber. Der schaute bereits böse, riet dann dem Fremden, er solle die Finger von ihr lassen. Da wandte ihm dieser ganz langsam und verächtlich grinsend das Gesicht zu. Ohne Stefanie loszulassen, fragte er:

»Was willst denn du Knackwurst? Wechsle erst mal deine Windeln, bevor du Erwachsene anquatscht!«

»Und wasch du dir erst mal deine Hände, bevor du fremde Leute belästigst, du aufgeblasener Heini!«

Das Gesicht des Mannes verfinsterte sich. »Was hast du da zu mir gesagt?!« zischte er, während er sich Jahn mit gefährlich blitzenden Augen näherte. Der stand nun auf von seinem Platz. Tätlichkeiten waren im zuwider, doch in diesem Fall schienen sie unvermeidbar, schon allein um Stefanie zu beschützen und ihr zu zeigen, wie lieb er sie hatte. Tapfer stellte er sich dem Feind gegenüber, wohl wissend, dass dieser ihn arg zurichten würde, aber es gab keinen Ausweg.

»Lass doch, Jahn! Kümmere dich nicht um diesen Kerl«, flehte Stefanie.

Jahn reagierte nicht, fixierte nur seinen Gegner und rechnete jeden Moment mit dessen Angriff, und schon fühlte er sich am Kragen gepackt; groß und wütend starrten ihn die fremden Augen an; er roch die starke Bierfahne und sah nur Hass. »Lass mich in Ruhe!« schrie er und versuchte sich zu befreien, als ihn prompt eine schallende Ohrfeige traf.

»Was ist, du Laus?! Jetzt hast du wohl die Hosen voll, was?!« zischte der Raufbold grimmig.

In seiner Verzweiflung boxte Jahn um sich, wehrte sich mit Händen und Füßen, fand sich zuweilen am Boden wieder, steckte harte Schläge ein, bis er in seinem Taumel merkte, wie jemand zwischen sie fuhr. Es war der Wirt; er packte den Streithahn mit mächtigem Griff und schleppte ihn fort. - Noch benommen und zitternd erhob sich Jahn; auf seinen Wangen fühlte er Stefanies Hände.

»Oh, Jahn, wie du aussiehst«, jammerte sie. »Komm, lass uns schnell zur Toilette gehen.«

Dort wischte sie ihm übers Gesicht, das an einer Stelle ziemlich rot war und brannte. Jahn schloss die Augen; der Schmerz war ihm egal; er hatte für sie gekämpft und hatte es überstanden - wie zart und liebevoll doch ihre Berührungen waren; mit ganzer Seele gab er sich ihnen hin; sie dämpften seine Erregung, auch kühlten sie ein wenig sein Verlangen. Allein um dieser Fürsorge willen hätte er sich noch einmal geprügelt; sie kümmerte sich um ihn, war um ihn besorgt, was bedeutete, dass er ihr nicht egal war.

»Was machst du nur für Sachen?« sagte sie. »Und alles nur, weil dieser Blödian mich angemacht hat.« Dann zupfte sie ihm noch die Kleidung zurecht. »Komm, lass uns zum Hotel zurückgehen. Ich habe genug für heute.«

»Guck mal hier über dem Auge. Da tut es besonders weh. Meinst du, es ist schlimm?«

Erneut nahm sie seinen Kopf zwischen die Hände und kam ihm ganz nah. »Nein, ich denke nicht.«

»Bist du sicher?«

Sie sah sich die Sache abermals an. »Ist nur ein Kratzer.«

Im Hotelzimmer angelangt, wollte Jahn gerade sein Bettzeug nehmen und es sich auf dem Boden gemütlich machen, da sagte sie:

»Ich habe nichts dagegen, wenn du heute Nacht im Bett schläfst.«

Seine Augen begannen zu leuchten. »Wirklich?« fragte er. »Das finde ich toll.« Und schon hüpfte er auf die Matratze und kroch unter die mollige Daunendecke. Mit einem Zwinkern sagte er: »Aber nicht, dass du wieder so laut schnarchst.«

»Quatschkopf. Mach das Licht aus.« Zufrieden kuschelte sie ihren Kopf ins Kissen.

»Gute Nacht, Stefanie.«

»Nacht. Schlaf gut.«

Als Jahn am Morgen erwachte, spürte er etwas Schweres auf sich. Verwundert schielte er zu seiner Brust und sah Stefanies linken Arm darüber liegen; der rechte lag unter seinem Hals, und halb auf seiner Schulter ruhte ihr Kopf. Heiliger Bimbam! Träumte er das etwa? Er spürte, wie sein Herz anfing zu klopfen. Nur nicht aufregen jetzt! Ganz cool bleiben! dachte er, während er ihr behutsam sein Gesicht zuwandte; sie schien noch fest zu schlafen; ihr Atem ging ruhig, und ihr fast lächelnder Mund zeigte, dass sie sich behaglich fühlte. Er wollte sie nicht stören, wollte ihre Nähe so lange wie möglich genießen. Doch in dem Moment, als er sich etwas bequemer legte, schlug sie die Augen auf. Ungläubig sah sie ihn an, dann begriff sie. Ach du Schreck! Schnell wich sie zurück auf ihre Seite.

»Tut mit leid, dass ich dir auf die Pelle gerückt bin! Ich habe das gar nicht gemerkt!« entschuldigte sie sich.

Jahn, der selbst noch ganz aufgeregt war, beruhigte sie: »Das weiß ich doch. Das macht ja nichts; du hast mich ja nicht gestört.«

Stefanie kroch wieder unter die Decke; zufrieden war sie freilich noch nicht. Indem sie den Kopf aus dem Kissen hob, sagte sie:

»Ich hoffe, du glaubst mir, Jahn, und denkst nicht, dass ich etwas von dir wollte, oder?«

»Ja doch, ich glaube dir«, erwiderte er und sprang aus dem Bett. Sonderbar verwirrt ließ er sich in einem der Sessel nieder. Er war froh, dass sie die Nacht bei ihm geschlafen hatte, aber auch enttäuscht, weil es ihm entgangen war. Wenn er doch nur früher aufgewacht wäre, dann hätte er sein Glück wenigstens auskosten können. Er sah zu ihr hinüber und betrachtete sie, wie sie mit halb geschlossenen Augen noch genüsslich in den Federn weilte. Eigentlich komisch, da war es seit langem sein Wunsch gewesen, sie bloß mal zu küssen, und jetzt hatte sie, obwohl sie nur Freunde waren und sie keinerlei tiefergehendes Interesse gezeigt hatte, bereits in seinen Armen gelegen. Entweder hatte das etwas zu bedeuten oder überhaupt nichts. Es war wohl besser, nicht weiter darüber nachzudenken.

»Wie spät ist es?« fragte sie.

»Gleich neun.«

Sie kroch aus dem Bett. »Ich denke, ich gehe mal zur Post. Womöglich hatten sie heute einen guten Tag.«

»Okay, ich bleibe solange hier.«

Nachdem Stefanie gegangen war, überlegte er, was sie alles unternehmen könnten, falls das Geld noch nicht eingetroffen wäre. Er schaute zum Fenster hinaus. Das Wetter war gar nicht schlecht; hin und wieder kam schon die Sonne durch; zum Schwimmen oder für einen Stadtbummel reichte es jedenfalls. Und am Abend würde er mit ihr wieder tanzen gehen, diesmal aber in ein anderes Lokal. Vielleicht hätte er ja heute mehr Glück bei ihr, wer wusste es - nach dieser Nacht. Eine ganze Weile saß er so und dachte sich Kriegslisten aus. Doch als Stefanie schließlich zur Tür hereinkam und rief: »Es ist angekommen! Achthundert Mark!« Da war all seine Hoffnung dahin.

»Na, was sagst du nun?« strahlte sie ihn an.

Schnell gab er sich einen inneren Ruck und den Anschein von Freude. »Ist ja prima! Also können wir ja gleich schon weiter! Oder?« Er forschte in ihren Augen, aber fand außer einer nicht zu deutenden Winzigkeit nur Bestätigung.

»Ja«, sagte sie, »und wenn alles klappt, schaffen wir es heute noch bis zum Chiemsee.« Dann wurde ihr Blick unsicher. »Oder möchtest du eine andere Strecke nehmen, weil du doch nach Italien willst?«

»Nein, nein, das ist kein großer Umweg! Wir bleiben natürlich zusammen!« Himmel, wie kam sie bloß auf so eine Schnapsidee.

»Okay«, lachte sie, »ein Team, ein Weg!«

»Gut, dann lass uns jetzt die Rechnung bezahlen«, sagte er und nahm seinen Rucksack.

»Warte mal.« Sie griff in ihre Tasche. »Hier hast du vierhundert Mark. Die leihe ich dir. Ich hoffe, das reicht für Italien.«

Jahn war überrascht. »Danke, du bist echt in Ordnung.«

Den Weg nach München schafften sie problemlos in einem Kleintransporter, dessen Fahrer sehr gesprächig war. Sie unterhielten sich gut mit ihm, und er fand die zwei so nett, dass er sie in der Stadt einem Kollegen zuführte, der sie bis in die Nähe des Chiemsees mitnahm. Von hier aus war es nicht mehr weit bis nach Prien, wo Stefanies Freund Ferien machte. So wanderten sie in der Dämmerung die Landstraße entlang und plauderten. Zunächst gab Jahn sich noch heiter, machte seine Witzchen und brachte sie zum Lachen, aber je mehr sie sich dem Ziel näherten, desto stiller wurde er. Der Gedanke, dass die schöne Reise nun bald zu Ende war, umhüllte seine Seele wie ein Grabtuch. Dort hinten war schon der Kirchturm zu sehen. Gab es denn keine Hoffnung mehr? Bald würde sie in den Armen des anderen liegen, und er wäre wieder allein. Er merkte, wie sein Schritt schleppender wurde, als hätten seine Beine an Gewicht zugenommen. Jeden Moment rechnete er damit, dass Stefanie ihn antrieb, schneller zu gehen. Doch sie tat es nicht; sie blieb neben ihm, und fast war ihm, als wolle auch sie die letzten Minuten mit ihm auskosten. Aber da machte er sich wohl nur etwas vor.

108

Hin und wieder sah sie ihn an; ihr Blick war fragend und manchmal wie eine Aufforderung, das Schweigen zu brechen, das unaufhaltsam zwischen ihnen emporwuchs und immer dichter, immer bedrückender wurde, je länger sie gingen. Hoffnungslos! Alles hoffnungslos, dachte er. Wenn er doch nur mehr Zeit gehabt hätte! Und er spürte, wie die Verzweiflung in ihm heraufkroch und jeden klaren Gedanken verhinderte. Rundherum lief es in seinem Kopf. Er musste sich geschlagen geben; es half nichts. - Aber musste er das wirklich? Sollte er nicht doch einen Versuch wagen? Zu seiner Verzweiflung gesellte sich Trotz, und nach tiefem Luftholen sagte er:

»Nun wirst du ja bald deinen Freund wiedersehen. Darüber bist du sicher froh.«

Stefanie schwieg für eine Weile, dann fragte sie: »Freust du dich denn schon auf Italien?«

Irgendwie hatte ihre Stimme seltsam geklungen; er ahnte, dass etwas Empfindliches in der Schwebe lag - wie eine feine Waage, die beim geringsten Fehler zur falschen Seite kippen konnte. Doch war es seiner aufgewühlten Seele unmöglich, herauszuspüren, was es war und ob es überhaupt war. So sagte er:

»Ja, ich kann es schon gar nicht mehr erwarten.« Im selben Augenblick aber ärgerte er sich über diese Lüge, und zugleich fühlte er, dass die quälende Ungewissheit dadurch noch größer geworden war. »Sicher wirst auch du eine tolle Zeit mit deinem Freund erleben«, fügte er hinzu und wartete mit Bangen auf die Antwort.

Stefanie ließ sich Zeit; beinahe wollte es scheinen, als sei sie mit sich selbst uneinig. Plötzlich blickte sie ihn an, schwieg einen Moment und sagte dann etwas kratzbürstig: »Ja, bestimmt werde ich eine schöne Zeit mit ihm haben.« Sie wandte sich ab, sah ihn erneut an und fragte: »Du freust dich ja auch auf die vielen hübschen Mädchen, oder?«

Jahn fühlte, dass die Waage, wenn es sie gab, schon gefährlich zur falschen Seite kippte. Um ein Haar glaubte er,

Stefanie empfände etwas für ihn, und seine Liebe gebot ihm, schleunigst mit ›Nein‹ zu antworten. Aber da war noch eine starre Kraft, gegen die sein Herz nicht ankam und die ihn wie von selbst erwidern ließ:

»Ja, das wird bestimmt ganz toll. Wir werden heiße Parties feiern. Mit Gerd und Udo ist immer was los.«

Er sah sie an, doch sie senkte nur den Kopf und ging mit einem Mal schneller, vorbei am Ortsschild und auf die ersten Häuser zu.

»Stefanie!« rief er. »Warte doch! Was ich gesagt habe, ist doch alles nicht wahr!«

»Dein Problem!« antwortete sie, indem sie sich kurz umdrehte. »Ich habe keine Zeit; ich muss telefonieren!«

Noch ein Stück lief er ihr hinterher, dann blieb er stehen; verstört setzte er sich an den Straßengraben; er hätte sich ohrfeigen können. Wenn es wirklich eine Chance gewesen war, die er gefühlt hatte, so war sie jetzt endgültig vertan. Aus! Vorbei! Für alle Zeit! Tränen rollten ihm über die Wangen, und er kam sich erbärmlich vor. Das gab es doch gar nicht: erst diese schöne Zeit, und jetzt so ein Ende. Er musste weg von diesem Ort, weit weg und vergessen. So erhob er sich bitter entschlossen, marschierte davon in die Dunkelheit; Stunde um Stunde ging er so, und je länger er unterwegs war, desto unerträglicher wurde ihm alles. Die Wiesen, die Bäume, die Luft, die Häuser, sogar die Menschen, denen er zu später Stunde noch begegnete: alles war ihm öde und widerlich. Er brannte, er loderte und hasste sich und stampfte durch die Nacht, bis er sich vor Müdigkeit kaum mehr aufrecht halten konnte. Da legte er sich auf einer Wiese nieder, und so wie der Schlaf langsam über ihm kam, dämpfte er seinen Schmerz und kühlte seinen Kopf.

6. Kapitel

Stefanie ging, kurz nachdem sie Jahn hatte stehen lassen, in ein Gasthaus und rief Martin an. Zögernd wählte sie seine Nummer; ihre Hände zitterten, so erregt war sie noch. Sie dachte an Jahn. Was er jetzt wohl machte? Es tat ihr leid, dass sie ihm einfach davongelaufen war, und sie verstand nicht, wie diese wundervolle Reise so plötzlich und traurig hatte enden können. Das war ja wie ein schlechter Traum; mit der Bosheit einer Windböe hatte er sie angefahren und ihre Gedanken und Gefühle verwirrt. Warum war sie eigentlich so böse mit ihm gewesen? Er hatte doch nichts Schlimmes gesagt. Sie wusste es nicht. Sie wusste nur, dass sie jetzt in dieser Kneipe am Telefon stand und sich fühlte, als habe sie jemand hergezaubert. Es läutete durch, einmal, zweimal... fünfmal - eine verschlafene Stimme meldete sich:

»Friedberg.«

»Hallo, Martin, ich bin es. Ich stehe hier im 'Weingarten'. Hast du schon geschlafen?«

»Stefanie! Schön, dass du da bist.« Er gähnte. »Ich war wohl heute etwas zu lange in der Sonne. Das hat mich so müde gemacht, dass ich sofort ins Bett musste.«

»Ach, du Armer! Holst du mich ab?«

»Ja, mach' ich. Aber wieso kommst du jetzt erst? Ich hatte dich eigentlich früher erwartet.«

»Es ist was dazwischen gekommen. Erzähle ich dir dann später.«

»Vorgestern habe ich bei deinen Eltern angerufen, doch es hat sich niemand gemeldet.«

»War auch schlecht möglich. Sie sind vor zwei Tagen in Urlaub gefahren.«

»Du hättest mir ja auch mal Bescheid geben können.«

»Ach, weißt du, ich hatte so viel um die Ohren. - Einmal habe ich es versucht, aber da warst du wohl am Strand.«

»Ja, das kann sein. Also, bis gleich.«

Sie wartete nicht lange draußen vor der Türe, da kam Martin vorgefahren. Er stieg aus und kam auf sie zu, wie immer ordentlich gekleidet - vielleicht ein wenig zu ordentlich, fand sie jetzt. Mit höflich gedämpfter Freude sprach er:

»Da bist du ja endlich, meine Liebe.« Dann reichte er ihr die Hand, beugte sich zu ihr und gab ihr einen Kuss auf die Wange.

»Du bist ja wieder mal richtig stürmisch«, meinte sie und hakte sich bei ihm ein.

Während der Autofahrt sprachen sie kaum miteinander, nur einmal sagte Martin in einem Anflug von Leidenschaft:

»Ach, das wird eine schöne Zeit. Nur wir beide. Ich habe mir auch ein neues Anatomiebuch gekauft. Das ist wirklich gut, musst du unbedingt mal lesen.«

»Ja, kann ich machen«, antwortete sie, ohne den Blick von der Straße zu wenden; farblos und matt war alles im Scheinwerferlicht; Bäume sausten vorbei, kleine Bungalows und Gärten. Dann bogen sie in einen von Laternen erleuchteten Weg, der, überschattet von mächtigen Kastanien, zum Haus von Martins Eltern führte. Groß und vornehm lag es da, umgeben von einem kleinen Rasenpark mit Rhododendronbüschen, und auf der anderen Seite breitete sich glatt und still der See.

Stefanie nahm ihre Tasche aus dem Wagen und folgte Martin durch die breite Eingangstür. Dann stiegen sie die gewundene Treppe zum Obergeschoss hinauf. »Was ist mit dir?« fragte er.

Aus tiefen Gedanken gerissen, sagte sie: »Ach, nichts. Ich bin wohl ein bisschen müde.«

»Das kann ich verstehen. Ich mache dir erst einmal einen Kaffee. Danach fühlst du dich besser.« Er öffnete die Tür zu seinem Zimmer. »Sieh mal, ich habe dir ein neues Bett hingestellt.«

Sie ließ sich darauf nieder und wippte kurz. »Hm, ist gut. Aber jetzt habe ich Hunger.«

112

»Willst du nicht vorher deine Sachen in den Schrank räumen? Diese Seite ist für dich.«

»Nein, mach' ich später. Ich will zuerst was essen.« Sie stand auf, ließ flüchtig den Blick durch den Raum schweifen und fand, es herrschte noch die gleiche Ordnung wie beim letzten Mal, nur dass sie jetzt aus irgend einem Grund steril und kalt wirkte.

»Gut, du sollst deine Mahlzeit haben. Aber lege doch zunächst deinen Mantel ab«, sagte er, derweil er hilfreich um sie herumtänzelte.

In der Küche plünderte Stefanie den Kühlschrank, legte die Lebensmittel in wildem Durcheinander auf den Tisch, besorgte sich noch ein Messer und fing gleich an zu mampfen, was Martin gar nicht gefiel. Mit ein paar geschickten Handgriffen richtete er alles ein wenig ordentlich her. Dann holte er Tassen herbei, setzte sich und war zufrieden. »Nun erzähl mal«, sprach er, »was ist unterwegs geschehen?«

»Hast du mal ein Bier da?«

Überrascht zog er die Augenlieder hoch. »Wie, du trinkst Bier? Seit wann denn das?«

»Schon länger«, entgegnete sie mit vollem Mund.

»Jetzt habe ich doch gerade das Wasser für unseren Kaffee aufgesetzt.«

»Gut, dann machst du für dich Kaffee, und mir gibst du ein Bier.«

Kopfschüttelnd ging er zum Schrank. »Es ist aber nur warmes Bier da.«

»Macht nichts.«

Stefanie riss die Dose auf und trank. Nach einer Weile setzte sie keuchend ab, sah ihm zufrieden in die Augen und warf die Beine auf den Tisch. Nun musste er sich aber sehr wundern! Das war doch nicht dasselbe Mädchen, das er seit einem Jahr kannte. Was war nur los mit ihr? Na ja, vielleicht war die anstrengende Reise schuld, dachte er und beschloss dieses Benehmen gnädig zu übersehen. Aber was sollte das nun wieder? Verblüfft sah er zu, wie sie den lauernden Blick aufwärts richtete, eine Erdnuss in die Luft warf und wie ein Hund danach schnappte. Dieses Verfahren wiederholte sie mehrmals, dann sagte sie:

»Musst du auch mal probieren. Schmeckt viel besser so. Hier! Mach den Mund auf!«

Die Nuss traf ihn an der Nase. »Lass das! Ich bin doch kein Affe.«

»Ich auch nicht.«

»Du hast mir immer noch nicht den Grund für dein spätes Eintreffen genannt.«

»Ich habe mein Geld verloren. Da musste ich warten, bis mir mein Vater etwas geschickt hat.«

»Und wo warst du die ganze Zeit über?«

»Mal hier, mal da. Zuletzt habe ich in einem Hotel in Ingolstadt gewohnt.«

Er gab einen Löffel Kaffeepulver in die Tasse und goss sich heißes Wasser ein. »Aber ich dachte, du wolltest dir eine Mitfahrgelegenheit suchen? Was ist denn daraus geworden?«

»Das wäre fast ein Schuss in den Ofen gewesen.« Sie erschrak. »Ich meine, es war eine Pleite. Der Typ war ein Ekel, und da habe ich mich von ihm getrennt. Der Rest ist langweilig.«

»Möchtest du jetzt ins Bett, oder soll ich dir noch etwas auf meiner Gitarre vorspielen? Ich habe einen neues Stück komponiert«, sagte er stolz, schlürfte dann von dem Kaffee und beobachte sie über den Tassenrand hinweg. »Ah, ist der gut.«

»Ich würde lieber noch spazieren gehen. Auf einmal bin ich überhaupt nicht mehr müde.«

»Ach, dazu habe ich im Moment keine Lust. Warum willst du denn mein neues Lied nicht hören? Möchtest du wirklich nicht?«

»Na ja, von mir aus. Ist es denn etwas ganz Neues?«

»Nun, zumindest der Text ist neu. Von der Richtung her passt es zu den anderen.«

»Könntest du nicht mal etwas Moderneres komponieren? Ich meine, mit ein bisschen mehr Schwung und so.«

»Warum, was hast du plötzlich gegen meine Lieder?«

»Nichts. Ich finde nur, sie würden eher zu einem Minnesänger aus dem Mittelalter passen.«

»Sie haben dir doch bisher immer gefallen.«

»Sie sind ja auch gut, nur in letzter Zeit stehe ich mehr auf andere Sachen. Ich weiß auch nicht, aber ich glaube, mein Geschmack hat sich geändert.« Sie sah sein enttäuschtes Gesicht. »Aber vielleicht meine ich das ja auch nur. Spiele es mir mal vor. Es ist bestimmt ein schönes Lied.«

Da leuchteten seine Augen wieder. »Und ob es das ist; du wirst sehen«, sagte er, nahm seine Gitarre von der Wand und fing an mit dem üblichen, schon oft gehörten Akkord, erhob seine Stimme zu höchsten Höhen und sang von einem schönen Mädchen, zupfte dazu leise und manchmal laut die Saiten und war ganz hingegeben.

Stefanie lauschte ihm, doch je länger er spielte, desto mehr irrten ihre Gedanken ab; mal wanderten sie weit fort zu vertrauten Plätzen und mal flogen sie suchend in die Ferne.

»Du hörst ja überhaupt nicht zu«, beschwerte er sich nach einer Weile. »Es interessiert dich wohl nicht, was?«

»Entschuldige, bitte. Ich bin wohl doch schon zu müde. Lass uns schlafen gehen.«

»Na schön.« Er gähnte. »Es ist ja auch ziemlich spät.«

Als sie in ihrem Bett lag und das Licht bereits aus war, kam er zu ihr und streichelte ihr übers Haar. »Soll ich noch für eine Weile zu dir kriechen?« fragte er zärtlich. Da nahm sie ihn in die Arme und gab ihm einen Kuss. »Heute nicht. Sei mir bitte nicht böse; ich möchte jetzt schlafen.« Doch in dieser Nacht lag sie noch lange wach.

Am Morgen waren sie schon früh am Strand. Stefanie döste vor sich hin. Eigentlich hatte sie noch im Bett bleiben wollen, aber da Martin mit den Hühnern aufzustehen pflegte und dabei stets ein fröhlich singendes Morgentheater veranstaltete, war ihr nichts übriggeblieben, als mitzukommen. Sie beobachtete ihn, wie er angeregt in seinem neuen Buch blätterte und dabei seine dünnen Arme bewegte. Früher war ihr nie aufgefallen, dass er so schmal war. Er nahm seine Brille ab und rieb sich die Augen, blickte dann auf den See hinaus und fragte:

»Kommst du mit ins Wasser? Das macht munter.«

Langsam erhob sie sich. »Okay, wenn du möchtest. Wie wär's mit einem Wettschwimmen?

»Aber nicht zu weit. Es ist nicht gut, wenn man sich überanstrengt.«

Sie schwieg, während sie neben ihm zum Wasser ging, schließlich fragte sie:

»Sag mal Martin, verstehst du dich eigentlich gut mit deinen Mitstudenten?«

»Warum interessiert dich das?«

»Nur so.«

»Hm, es geht. Die meisten von ihnen spinnen ein bisschen. Aber mit einem komme ich ganz prima aus. Er heißt Heinrich, ein feiner Kerl. Ich stelle ihn dir mal vor, wenn du willst.«

»Ach, das hat Zeit.«

Zu Abend aßen sie in der Stadt. Martin führte sie in ein feudales Restaurant und sprach mit ihr über die Sonnen- und Schattenseiten des Arztberufes, wobei er zuweilen sogar das Essen vergaß. Danach machten sie auf Stefanies Wunsch einen langen Spaziergang über den Stadtrand hinaus. Hand in Hand gingen sie durch die laue Abendluft und waren still. Stefanie dachte nach: Eigentlich besaß sie nun das, was sie sich wünschte und wovon sie seit Wochen geträumt hatte; sie konnte also zufrieden sein. Martin war ja auch ein feiner Kerl, und dass sie ihn seit ihrer Ankunft mit so kritischen Augen sah, hatte sicher nichts zu bedeuten. Das war wohl nur eine kleine Krise, die es in jeder

Beziehung gab. Vielleicht musste sie sich auch nur etwas Mühe geben. Sie blieb stehen und wandte sich zu ihm. »Liebst du mich eigentlich noch?«

»Natürlich, mein Schatz. Wie kannst du das fragen? Wir haben doch schon alles besprochen. Unsere Zukunft ist doch sonnenklar.«

Sie blieb stehen, drückte ihn an sich und küsste ihn, legte in diesen Kuss alle Liebe, die sie für ihn empfinden wollte. Es war wie ein Bangen, wie ein Eilen zum Bahnhof und ein Hoffen, der Zug, in dem der Geliebte saß, möge noch warten.

»Hast du jetzt immer noch Zweifel, ob ich dich liebe?« fragte er, nachdem sie ihn losgelassen hatte.

Stefanie schwieg, schaute hinauf in die Sterne. Es waren dieselben, die sie mit Jahn gesehen hatte, in der Nacht als sie im Heuschober lagen. Doch irgendwie schienen sie anders; sie waren so blass und hatten keinen Zauber mehr. Vielleicht bildete sie sich das auch nur ein.

»Hättest du nicht Lust, einmal etwas ganz Verrücktes zu tun?« fragte sie. »Ich meine etwas, das sich nicht jeder trauen würde und das richtig Spaß macht.«

»Wozu denn das? Wie kommst du plötzlich darauf?«

»Nun, ich finde, das Leben ist oft ziemlich eintönig und spießig. Da muss man sich eben etwas einfallen lassen.«

»Wieso? Ich bin ganz zufrieden; ich verstehe nicht, was du meinst.«

»Na gut, ich erkläre es dir: Die meisten Leute leben einfach so dahin. Sie machen nichts Neues mehr; alles ist zur Gewohnheit geworden und eigentlich sind sie, ohne dass sie es merken, innerlich schon tot. Das ist wie ein Gefängnis, aus dem man ausbrechen muss. Dann hat man viel Spaß, und es wird nie langweilig.«

»Ich weiß nicht. Was sind denn das für verrückte Sachen, die so viel Spaß machen und die Menschen aus ihrem angeblichen Seelengrab befreien?«

»Es sind die Traumäpfel.«

»Traumäpfel? Ich dachte, wir reden von irgendwelchen Unternehmungen.«

»Ja, aber sie sind wie Äpfel an einem Baum; meist hängen sie versteckt. Um sie zu entdecken brauchst du eine Idee, und um sie zu pflücken musst du dich selbst überwinden und hoch hinaufklettern. Traumäpfel kannst du entweder allein essen, verschenken oder mit jemandem teilen, dann ist es, als ob du ihm Träume schenkst oder sie mit ihm teilst. Und Träume sind Leben. Deshalb darf man nie aufhören, solche Äpfel zu suchen.«

»Du sprichst in Rätseln. Nun weiß ich immer noch nicht, mit welchen Aktivitäten das Pflücken eines Traumapfels verbunden ist.«

Stefanie seufzte. »Es ist ganz gleich, was du machst; es muss nur aus dem Rahmen fallen, aus dem täglichen Trott heraus. Verstehst du? Man muss eben über seinen Schatten springen.«

»Du machst Witze«, lachte er. »Ich habe bisher niemanden erlebt, der über seinen Schatten gesprungen wäre.«

»Daran sieht man, wie nötig du Traumäpfel hast.« Sie überlegte. »Nimm an, wir heiraten eines Tages: Wir bekommen Kinder; ich kümmere mich um den Haushalt; du kehrst abends müde von der Arbeit heim; das Essen steht auf dem Tisch; danach setzt du dich vor den Fernseher oder liest in deinen Büchern; ab und zu gehen wir mal aus, und alles, was den vertrauten Rahmen sprengt, mögen wir nicht. Ein Leben lang würden wir so verbringen, ohne neue Gedanken, ohne jemals auszubrechen aus den gewohnten Bahnen. Willst du das? Möchtest du wirklich so werden?«

»Wieso, das wäre doch ganz nett.«

»Ja, ganz nett vielleicht, aber mehr auch nicht. Wahrscheinlich würdest du nach einigen Jahren sogar vergessen, dass wir verheiratet sind. Du wärst sicher zufrieden, das glaube ich, wenn du nur dein Essen bekämst, dein Bett hättest, ab und zu mal mit den Kindern spielen und ansonsten in deinem gewohnten Trott leben könntest. - Sag mal, hast du denn früher in der Schule mit deinen Kameraden nie Unsinn getrieben oder andere Dinge getan, die aus der Rolle fallen?«

»Nicht, dass ich wüsste. Dafür hatte ich keine Zeit. Aber davon abgesehen, ich verstehe gar nicht, was auf einmal in dir vorgeht.« Er schüttelte den Kopf. »Bis jetzt waren wir uns doch in allem einig, was unsere Zukunft betrifft. Noch vor drei Monaten hast du mir gesagt, ein solches Leben würde dich glücklich machen.

»Inzwischen habe ich eben über vieles nachgedacht.« Sie fasste ihn beim Arm. »Ich wünsche mir ja auch eine Familie mit Kindern und allem was dazu gehört; nur darf es nicht langweilig und kleinkariert werden.« Bittend sah sie ihn an. »Würdest du denn wenigstens einmal versuchen, mit mir einen Traumapfel zu pflücken? Vielleicht macht es dir ja Spaß.«

»Na schön«, willigte er nach einigem Zögern ein, »wenn dir so viel daran liegt. Doch eines sage ich dir: Ich tue nichts Gesetzwidriges.«

Da glomm ein Funke von Hoffnung in ihr auf; sie lächelte und sagte:

»Deswegen brauchst du keine Angst zu haben; du wirst deinen ersten Traumapfel auf die gleiche Art bekommen wie ich. Das ist aber nur eine von vielen Möglichkeiten, die rein zufällig mit einem richtigen Apfel zu tun hat.«

»Und, wie soll das funktionieren?«

»Lass dich überraschen.«

Glücklich nahm sie ihn bei der Hand, und sie gingen den Weg zurück in die Stadt. Dort führte sie ihn zum Eingang eines großen Hauses. Die Klingelknöpfe waren beleuchtet, so dass sie ohne Mühe die Namen lesen konnte.

»Was hast du denn vor?« fragte Martin besorgt. »Kennst du hier jemanden?«

»Noch nicht, aber gleich«, grinste sie.

»Was soll das heißen?« Schon wollte er sich von ihr losreißen, doch sie hielt ihn fest. »Jetzt stell dich nicht so an.

Du hast gesagt, du würdest mitmachen. Also bleib auch gefälligst«, ermahnte sie ihn und drückte unverzüglich einen der Knöpfe. Nicht die Spur von Romantik besitzt dieser Mensch, dachte sie. Na ja, sie selbst hatte ja unlängst kaum anders reagiert. Der Türsummer ging.

»Du bist verrückt, Stefanie. Komm, lass uns schnell verschwinden.«

»Nichts da! Los, rein mit dir.«

Während sie ihn die Treppe hinaufschob, wehrte er sich und schimpfte und versuchte, sie zur Umkehr zu bewegen. Aber ehe er sich versah, hatte sie ihn in den zweiten Stock bugsiert, wo bereits eine alte Frau in der Tür stand. Mit leiser Stimme fragte sie:

»Haben Sie bei mir geläutet?«

Stefanie ging zu ihr. »Ja«, lächelte sie. »Entschuldigen Sie bitte, dass wir so spät noch stören. Aber haben Sie einen Apfel für uns?«

»Einen Apfel?« fragte die alte Dame verwundert. »Wozu brauchst du denn einen Apfel, Kind?«

»Das ist so, ich habe mit meinem Freund hier gewettet, dass ich mitten in der Nacht noch irgendwo einen Apfel auftreibe.«

»Na so was«, staunte sie und blickte, indem sie schmunzelnd den Kopf schüttelte, zu Martin auf. »Ach, sagen Sie mal, sind Sie nicht der junge Herr Friedberg? Sie waren doch im letzten Jahr mit ihrem Vater zusammen auf dem Geburtstag Ihrer Tante. Wissen Sie nicht mehr?«

Stefanie sah, wie Martin die Farbe wechselte. Zuerst wurde er blass und dann rot vor Scham. »Äh..ja. Entschuldigen sie mich«, stotterte er schließlich, wandte sich um und rannte die Treppe hinab aus dem Haus.

»Was ist denn mit deinem Freund, Kind?«

»Er schämt sich wohl nur.«

»Ach was, deswegen braucht er sich doch nicht zu schämen. Wir haben früher auch solchen Unsinn gemacht und dazu noch manches Mal was zu hören gekriegt. Komm mit,

Kind. Jetzt gebe ich dir einen Apfel. Ich bin ja froh, wenn mich jemand besucht. - Hier hast du einen ganz dicken.«

»Danke«, sagte Stefanie, »Sie sind sehr lieb. Auf Wiedersehen und bleiben Sie gesund.«

»Geh mit Gott, Kind. Es war schön, dass du da warst.«

Draußen vor einem Strauch wartete Martin und grollte. »Da hast du ja etwas Schönes angerichtet!« schimpfte er, als sie freudestrahlend mit dem Apfel auf ihn zu kam. »Was werden jetzt die Leute von mir denken?!«

Enttäuscht senkte sie den Kopf. »Ist dir denn nur wichtig, was die Leute von dir sagen? Bedeutet dir meine Meinung denn gar nichts?«

Er schwieg und drehte sich weg, aber sie stellte sich vor ihn und hielt ihm den Apfel hin. »Hier, nimm. Ich schenke ihn dir. Es ist doch unser erster.«

»Und auch der letzte!« fuhr er sie an. »Das Ganze war eine Schnapsidee! Wie konnte ich mich nur darauf einlassen?! So etwas kannst du in Zukunft allein machen!«

Da zog sie den Apfel zurück; entschlossen steckte sie ihn in die Manteltasche. Doch als ihre Hand den Grund der Tasche erreichte, fühlte sie Papier zwischen den Fingern. Es war ein kleines, zerknittertes Blatt mit einem handgeschriebenen Text, den sie in der Dunkelheit nicht entziffern konnte. Während Martin noch immer wütend stehenblieb, wo er war, ging sie langsam auf eine Laterne zu, und je näher sie dem Licht kam, je klarer wurden die Worte, bis sie deutlich zu lesen waren:

Für Stefanie

Dein Anblick klingt wie tausend Versprechungen,
ist wie ein Wandern durch eine fremde,
von Träumen durchwehte Stadt,
wie ein warmer Lichtkreis in den ersten Schauern
der heraufkommenden Nacht. Das bist Du.

Da strahlte sie über beide Wangen, und indem sie die Träne wegwischte, war ihr, als fiele eine verborgene Last von ihr ab; plötzlich sah sie glasklar: Hatte sie zuvor noch in einem Sturm unsicherer Gefühle gelebt und nicht gewusst, was mit ihr geschehen war, so bestand darin nun kein Zweifel mehr. Die ganze Zeit über hatte sie sich selbst getäuscht, hatte es nicht wahrhaben wollen und war darüber blind geworden für etwas Aufrichtiges und Schönes, das doch so offensichtlich gewesen war. Doch sie hatte ihr Glück fortgejagt und war einem Irrlicht gefolgt. Sie seufzte; erneut griff sie in die Tasche und betrachtete mit Sehnsucht den Apfel, aber etwas in ihrem Herzen sagte ihr, sie habe ihn nicht umsonst gepflückt.

»Gehen wir also«, sagte sie kühl zu Martin, der inzwischen nähergetreten war. »Der Zug ist abgefahren.«

»Wie, was meinst du damit, der Zug sei abgefahren?« kam er alarmiert aus seinem Schmollwinkel heraus.

»Du bist eben ein Spießer. Da kann man nichts machen. Manche Leute können sich ändern und manche eben nicht. Jahn ist da ganz anders.«

»Wer zum Kuckuck ist denn Jahn?!«

»Er hat mir beigebracht, wie man Traumäpfel pflückt - vor kurzem in Würzburg.«

»Das wird ja immer schöner! Da.. davon hast du mir ja gar nichts erzählt!« Er musste Luft holen. »Wer ist denn dieser blöde Kerl?!«

»Er ist nicht blöd!« funkelte sie ihn an. »Er ist der netteste Junge, den ich kenne! Und außerdem schnarcht er nicht so wie du!«

»Was tut er nicht?! Du hast also...« Ihm fiel die Kinnlade herunter.

»Ja«, erwiderte sie kühl. »Ich habe.«

7. Kapitel

Es war gerade Mittag, als Jahn kurz vor Portofino aus einem Wagen stieg. Den ganzen Weg, von Genua bis hier, hatte ihn der Fahrer mitgenommen; das war wirklich Glück gewesen. Nun wanderte er über die schmale Straße entlang der Küste, zur Linken das blaue Meer und zur Rechten ein trockenes, nur vereinzelt von blassem Grün durchsetztes Land, dessen bloßer Anblick ihn durstig machte. Doch er hatte es geschafft; er war am Ziel. Nach einer Weile sah er vor sich das kleine Hafenstädtchen auftauchen; mattgelb flimmerten seine Ziegeldächer in der Hitze, und weiter ab, an den Berghängen, schimmerten die weißen Fassaden einiger Hotels. Er wischte sich den Schweiß von der Stirn; bald würde er bei Gerd und Udo sein. Wie hieß die Straße noch? Via Santa Margherita.

Dort angekommen, war er begeistert von dem alten Haus, das, überschattet von knorrigen Bäumen und von wildem Wein berankt, wie im friedvollen Traum an alte Zeiten ruhte, inmitten eines verwucherten Gartens, wo es zirpte und nach Blumen roch. Er konnte gar nicht glauben, dass Udos Eltern ein so romantisches Gemäuer besaßen, wo sie doch ansonsten für Luxus schwärmten. Ob er sich wohl in der Hausnummer geirrt hatte? Unsicher trat er vor die Tür und klingelte. Nichts rührte sich. Da hörte er von irgendwo her lautes Gelächter und meinte darin die Stimmen von Gerd und Udo zu erkennen. Und richtig, als er zwischen den Sträuchern hindurch ums Haus gegangen war, sah er die beiden, wie sie sich zusammen mit drei Mädchen an einem kleinen Pool vergnügten.

»He«, beschwerte er sich laut, »sitzt ihr eigentlich auf den Ohren?! Ich hab' schon mehrmals geklingelt!«

Überrascht fuhr Udo herum. »Jahn! Mensch, Junge, dass du noch kommst!« Schon eilte er über die Wiese auf ihn zu. »Wir haben gar nicht mehr mit dir gerechnet.«

»War eben eine lange Reise.«

Udo war ganz aus dem Häuschen. »Komm, Junge, trink erst mal was.« Indem er Jahn bei der Schulter nahm, führte er ihn zum Tisch und stellte ihn den Mädchen vor: »Das sind Anja, Birgit, und jene, die gerade mit Gerd Federball spielt, heißt Hanna.«

»Hallo«, grüßte Jahn, während er sich auf einem der Gartenstühle niederließ.

Endlich bequemte sich auch Gerd zu einem Gruß. »He, Alter! Echt super, dass du da bist«, rief er, ohne das Spiel zu unterbrechen.

Jahn grinste. »Wohl immer noch der alte Federball-Freak, was?«

»Ach, die können beide nicht genug bekommen«, warf Birgit ein.

Anja sagte nichts; sie tauschte nur einen heiteren Blick mit ihm, erhob sich dann und schritt zum Pool: mit der Anmut einer wogenden Welle, und Jahn fiel auf, wie hübsch sie war. Er seufzte. Wie schön wäre es mit Stefanie gewesen. Aber diese Chance war vertan. Er musste sie vergessen, ein für allemal, und während er Anja beim Schwimmen zusah, wie sie geschmeidig die gleißende Wasserfläche teilte, fühlte er eine neue, erleichternde Frische in sich heraufkommen.

»He, träum nicht«, sagte Udo, als er Jahn anstieß und ihm ein Bier reichte. »Erzähl mal, wie war denn deine Reise?«

Jahn nahm das Glas und trank, blickte für eine Weile versonnen ins Leere und erwiderte dann:

»Eigentlich war es schön und anders herum auch wieder ziemlich frustig.« Er atmete tief aus. »Ach, weißt du, das erzähle ich dir morgen. Zeig mir jetzt erst mal, wo ich pennen und meine Sachen lassen kann.«

»Okay, wenn du willst.« Udo hob den Rucksack vom Boden auf und führte Jahn zum Haus. »Aber irgendwas stimmt doch nicht mit dir«, bemerkte er. »Ist vielleicht was passiert?«

»Das ist eine lange Geschichte.«

»Muss dich ja ganz schön mitgenommen haben.«

»Du wirst mir kein Wort glauben, wenn ich es dir erzähle.«

Über eine Holztreppe gelangten sie auf einen kühl dämmernden Flur im ersten Stock, wo Udo eine der Türen öffnete. »So, das ist dein Zimmer, nur für dich allein«, sagte er stolz.

Jahn trat ein, ließ seinen Blick über die Einrichtung wandern: ein Doppelbett, ein Schrank, ein Tisch, zwei Stühle und der Boden dunkelblau gekachelt - alles sehr einfach. »Nicht schlecht«, sagte er. »Hier kann man sich wohl fühlen.«

»Freut mich, dass es dir gefällt?«

Nach einem kurzen Blick durchs Fenster hinab in den Garten sagte Jahn: »So was ist genau mein Geschmack, besser als jeder Luxusbunker. Mich wundert nur, dass dein Alter sich so ein Haus gekauft hat.«

»Ach, weißt du, mein Alter ist gar nicht so wie die meisten Leute denken. Natürlich, zu Hause haben wir eine Villa mit allem Schnickschnack, aber die hat er sich nur hingesetzt, um zu repräsentieren - weil seine Freunde auch so einen Kasten haben. In Wirklichkeit mag er das alles gar nicht. Er lebt viel lieber einfach.«

»Hör doch auf«, erwiderte Jahn spöttisch. »Wenn ich keinen Luxus mag, dann lebe ich auch nicht darin - egal, was meine Freunde von mir denken. Und wenn sie das nicht akzeptieren, dann sind es keine richtigen Freunde.«

»Ja, schon.« Udo zuckte die Achseln. »Im Grunde denke ich ja genauso wie du - aber meine Alten sind nun mal so - jeder nach seiner Facon.«

»Hm, da hast du auch wieder recht. - Trotzdem, dies ist ein echt tolles Haus.«

»Ja, find ich auch. Und man kann hier gut Urlaub machen.« Er grinste. »Besonders wenn man sturmfreie Bude hat. Was meinst du, wie das hier abgeht! Die Mädchen da unten sind supernett. Wir haben sie vor drei Tagen in der Disco kennengelernt. Sie sind in einem Käfer gekommen und waren vorher auf dem Campingplatz, aber jetzt wohnen sie hier.« Seine Augen begannen zu leuchten. »Oh, Mann! Ich bin verknallt wie noch nie.«

»Und was ist mit Anja? Die ist doch solo, oder?«

»Klar Mann! Wir haben ihr gesagt, dass wir noch jemanden erwarten. Die ist echt spitze, die Frau - nicht nur vom Aussehen; mit der kannst du dich auch prima unterhalten. Ich glaube, sie ist genau dein Typ.«

»Na ja, mal sehen.« Er schüttelte den Kopf. »Aber dich scheint es ja wirklich erwischt zu haben.«

»Was soll's? Ich find's super.« Ein ungeduldiger Seufzer entfuhr ihm. »Ach, Alter, so gut wie in diesen Ferien war es schon lange nicht mehr. - Weißt du was, jetzt gehen wir alle zum Meer und toben da ein bisschen herum. Was hältst du davon?«

»Okay«, lachte Jahn. »Ich mach' alles mit.«

»Ich weiß eine schöne Stelle, wo fast keine Touristen sind.«

Als sie am Strand ankamen, der sich grell besonnt und nur manchmal von schmalen Felsen unterbrochen in die Ferne dehnte, stürzten sie sich gleich mit Geschrei in die warmen, klaren Fluten. Auch Jahn ließ sich anstecken, und während sie herumtollten, sich bespritzten und untertauchten, merkte er, dass Anja sich stets in seiner Nähe hielt. Bis jetzt hatte er sich ihr gegenüber noch zurückgehalten, weil er nicht wusste, woran er war, aber nun zeigte sie ihm ja deutlich genug, dass sie ihn mochte. Er schielte zu ihr hin. Jetzt oder nie, dachte er, und schon hob er sie auf den Arm und war überrascht, als sie ihn dafür auf die Wange küsste.

»Und nun, großer Held«, leuchtete sie ihn an. »Was willst du jetzt tun?«

»Ich weiß noch nicht. Vielleicht fress ich dich.«

Sie lachte. »An mir hast du aber mindestens eine Woche zu tun.«

»Macht ja nichts«, grinste er, küsste sie kurz auf den Mund und ließ sie fallen, aber nur, um sie gleich wieder hochzuholen und mit ihr Fangen zu spielen. Für den Moment war er wieder ganz der Alte; übermütig jagte er sie durchs Wasser, und sie quietschte stets vergnügt, wenn er sie am Fuß erwischt hatte. Unter solchem Treiben merkten sie nicht, dass die anderen längst am Strand lagen und sich sonnten.

Am Abend fand in Wohnraum und Küche des Hauses eine Party statt. Udo hatte noch weitere Mädchen und Jungen eingeladen, darunter auch Enrico, ein langjähriger Ferienfreund, dessen Eltern in der Nähe ein kleines Hotel besaßen. Eine weiche Musik erfüllte den Raum. Jahn tanzte mit Anja. Den Kopf an den ihren gelegt und die Augen geschlossen, genoss er ihre warme Nähe, ihre Erregung und roch ihren Duft. Erinnerungen kamen hoch, wie nebelhafte Träume, ganz sacht und von weit her, schlichen sich ein wie ein Dieb in der Nacht, und plötzlich war ihm, als hielte er Stefanie in seinen Armen; wehmütig blickte er zurück, nur für einen Moment, dann begrub er diese Hoffnung wieder. Er spürte, wie Anja sich an ihn schmiegte und mit ihren Lippen zart seinen Hals berührte, streichelte ihr durchs Haar; in dieses Mädchen wollte er sich verlieben. Dann wäre sein Kummer vorbei, und er hätte ein neues Glück, dem er sich widmen könnte.

»He, Jahn! Pass auf, dass du nicht einschläfst«, flüsterte ihm Gerd im Vorbeitanzen zu, denn die Musik gab längst einen schnelleren Takt vor.

»Lass sie doch herumhüpfen«, flüsterte Anja. »So ist es viel schöner.«

Jahn küsste sie auf den Mund, dann sagte er: »Lass uns auf mein Zimmer gehen.«

Dort legten sie sich aufs Bett, und während er ihr mit suchender Hand zart über die Haut fuhr, betrachtete er sie. Sie war bildschön und schien alles zu haben, was eine Traumfrau ausmachte. Ihr wollte er sich ganz überlassen, ihr all seine Liebe geben; tief sah er ihr in die Augen, küsste sanft ihre Lippen und Wangen. Doch so zärtlich er war, so lange er sie auch küsste: irgendwie war etwas Fremdes an ihr, und er fühlte wie sein Herz sich sträubte. Erneut umarmte er sie, heiß und fest und mit allem Willen, den er hatte. Aber verdammt! Es war nicht ihr Mund, den er liebkoste, nicht ihr Körper, und es war nicht ihr Haar, das er roch. Das musste aufhören! Er wollte es, und es würde aufhören! Sich zu verlieben war eine Krankheit, die zu heilen war. So vergaß er für eine Weile alles. Weder Vergangenheit noch Zukunft ließ er in seine Gedanken, lebte ganz im Jetzt.

Als er am Morgen erwachte, sah er in Anjas Gesicht; sie lächelte, kam dann näher und fuhr ihm durchs Haar. Er reagierte nicht, blickte nur gedankenverloren in die sonnenhellen, vom Wind bewegten Fenstergardinen. Die Nacht mit ihr war aufregend gewesen, und eigentlich hätte er von ihr erfüllt sein müssen. Doch es war anders. Er erinnerte sich, wie er irgendwann auf einer Party versucht hatte, seinen Hunger mit Erdnüssen zu stillen. Ein ähnliches Gefühl hatte er auch jetzt: Trotz der vielen Nüsse war eine Leere geblieben. Anja schwieg, streichelte ihn nur; sie merkte, dass etwas an ihm nagte, aber aus einer ängstlichen Ahnung heraus wollte sie gar nichts davon wissen. Bis jetzt war es schön gewesen mit ihm, und sie hatte die berechtigte Hoffnung, er würde sie noch liebgewinnen.

»Sollten wir nicht mal langsam aufstehen?« fragte sie. »Außerdem habe ich Durst.«

»Ich auch.«

Sie waren noch nicht ganz in der Küche, da rief Gerd vom Frühstückstisch her:

»He, ihr Langschläfer! Kommt ihr auch noch mal?!«

»Einen guten Morgen allerseits«, erwiderte Jahn.

Udo grinste. »Ihr wart ja ziemlich schnell verschwunden heute Nacht.« Er sah zu Anja. »Bei Jahn musst du aufpassen. Der ist ein Wolf im Schafspelz.«

»Oder ein Schaf im Wolfspelz«, schmunzelte Jahn.

»Das ist beides gleich gefährlich«, meinte Hanna, indem sie kurz aufschaute. Dann beobachtete sie wieder Birgit, wie sie eine Scheibe Wurst mit Mayonnaise bestrich, einen kräftigen Schuss Maggi darüber gab und schließlich das Ganze zusammenrollte und mit Genuss verschlang. »Ihh, dass du so was essen kannst«, schüttelte sie sich. »Da wird einem ja schon vom Zusehen schlecht.«

»Wieso? Dafür esst ihr Sachen, die ich nicht mag.«

Udo zog eine Grimasse. »Na, ich weiß nicht.«

»Das ist doch nichts Besonderes«, meinte Jahn fröhlich. »Du müsstes mal sehen, was für seltsame Mischungen sich Stefanie aufs Brot schmiert.« Aber im gleichen Moment erschrak er, und Udo verschluckte sich am Kaffee.

»Wer ist denn Stefanie?« fragte Anja überrascht.

»Seine Schwester«, fiel Gerd ein. »Obwohl sie erst fünfzehn ist, hat sie schon den gleichen abartigen Geschmack wie Birgit.«

Erleichtert lachte Jahn auf: »Ja, sie nimmt auch statt Butter immer Mayonnaise, die sie aus einer mordsmäßigen Tube quetscht.«

»Ach so«, sagte Anja. »Na, dann bist du ja an so was gewöhnt.«

»Und ob. Mich kann nichts mehr erschüttern.«

Nach dem Frühstück gingen sie zum Meer. Jahn machte mit Anja einen Spaziergang am Strand entlang. Er beobachtete die Wellen, wie sie auf den Sand schlugen, wie sie zurückrollten und stetig wiederkamen. In diesem Wasser schien eine Urkraft zu wohnen, ein Wille, der durch nichts zu bändigen war. Und immer wenn es zurückwich, sah er Muscheln aufblinken. Wie verstreute Schätze lagen sie da, groß und darauf wartend, dass jemand sie aufhob. Sanft drückte Anja seine Hand und lächelte ihn an. Wie hübsch sie war, wenn der Wind in ihren langen blonden Haaren spielte.

»Du bist ganz anders, als die anderen«, sagte sie. »Du bist viel stiller und denkst oft nach.«

»Ich kann auch lustig sein, aber im Moment ist mir nicht danach. Manchmal bin ich gern allein oder mit jemandem zusammen, der einfach nur bei mir ist.«

»Du Jahn«, sagte sie, brach dann ab und überlegte. »Wenn du ein Mädchen liebst... ich meine... zeigst du es ihr dann auch?«

»Wieso fragst du das?«

»Ach, nur so. Mich interessiert bloß, ob du schon mal richtig geliebt hast.«

Jahn seufzte. »Ja, hab' ich - einmal in meinem Leben.«

»Und war es schön?«

»Was heißt schön? Es war leider nur einseitig.«

»Hast du ihr denn gesagt, dass du sie gern hast?«

»Nein, nicht direkt. Ich konnte es nicht. Aber sie hätte es auch so merken müssen. Weißt du, wenn ich verliebt bin, kann ich es nicht einfach so sagen. Ich schenke ihr dann lieber etwas oder frage sie mal, ob sie mit mir tanzen geht oder sonstwo hin.«

»Und wenn sie nein sagt und dir auch sonst kein Zeichen gibt, dass sie dich mag.«

»Dann ist es bitter.«

»Könntest du mich denn auch auf solche Weise lieben, Jahn?«

Er sah sie an; in ihren Augen war Unsicherheit und zugleich ein Hoffen. »Lass uns jetzt nicht darüber sprechen«, sagte er. »Man kann gewisse Dinge auch zerreden bevor sie begonnen haben. Es ist besser, wenn man sie einfach treiben lässt. Aber eins kann ich dir schon verraten: Ich finde dich unheimlich lieb und bin sehr gern mit dir zusammen.«

Sie gab ihm einen Kuss auf die Wange. »Du glaubst ja nicht, wie froh mich das macht.«

Als Jahn mit ihr zu den anderen zurückkehrte, zog Udo ihn beiseite und flüsterte:

»He, sag mal, von welcher Stefanie hast du eben gesprochen? Es ist doch wohl nicht die Frau, an die ich denke, oder? Ich meine die aus unserer Klasse.«

»Ja, sie ist es. Aber davon erzähle ich dir später.«

»Da bin ich ja gespannt.«

»He, Udo!« rief Gerd. »Enrico hat uns doch für heute zu einer Bootsfahrt eingeladen. Müssen wir da nicht bald hin?!«

»Ach ja, das hätte ich ja fast vergessen.«

Jahn saß mit Anja auf dem Vorderdeck der kleinen Motor-Yacht und blickte zurück auf Portofino. Schäumende Gischt spritzte auf, während das Boot seinen Bug unter dem auffrischenden Wind in die Wogen rammte, hinab in die Wellentäler glitt, um sich auf heranrollenden Wassermassen gleich wieder emporzuschwingen, und so wie das Hafenstädtchen allmählich in die Ferne rückte, stets kleiner und blasser wurde, begann das Meer alles zu beherrschen. Versonnen starrte Jahn in die Wellen, versenkte darin seine Träume und Gefühle; auf und ab wogten sie, hin und her, und brachten ihn zurück in die Vergangenheit. Das Meer hatte viel Raum, schien die Mutter aller Gedanken zu sein; Trauer und Hoffnung mischten sich in tiefblauen Welten. Anja lehnte sich an seine Schulter; er nahm sie in den Arm - Bilder tauchten vor ihm auf, Erinnerungen - die ganze Zeit über streichelte er sie, mal weich und zärtlich, mal unruhig und fest, bis sie ihn fragte:

»Jahn, wo bist du? Du bist ja ganz weit weg.«

»Ich hab' nur das Meer angesehen«, sagte er aus seinen Träumen erwachend. Er schaute ihr ins Gesicht. »Du bist hübsch, und du bist lieb.« Aber sie war nicht gewaltig, nicht wie ein Sturm, der über ihn kommen konnte, das wusste er nun. Er hatte den Sturm kennengelernt, wie er mit Macht ihn erfasst, das Feuer entfacht und ihn herumgeweht hatte wie ein Blatt. Solche Stürme waren etwas Besonderes; sie waren wie das Meer.

»Ich glaube, wir drehen besser um! Es wird zu unruhig hier draußen!« hörte er Enrico vom Heck her rufen. »Was meinst du, Jahn?«

»Ja, lass uns näher an die Küste fahren!«

»Uh, mir ist schon ganz schlecht«, stöhnte Birgit, worauf Gerd erwiderte:

»Das liegt aber bestimmt nicht am Seegang, sondern eher an deinem ausgefallenen Essen.«

»Haah! Haah!«

Jahn schlug die Augen auf; kleine Sonnenschauer fielen durch die Blendläden seines Zimmers. Von draußen her kamen Stimmen: die von Felippe, der hin und wieder den Rasen mähte und nach dem Garten sah, und die einer Nachbarin. Seit zwei Tagen hörte er sie um die gleiche Zeit. Ihren Sinn konnte er nicht verstehen, doch klangen sie zufrieden. Felippe war ein alter Mann; vermutlich hatte er all seine Jahre in diesem Städtchen zugebracht, hatte eine Frau und längst erwachsene Kinder. Wie mochte es wohl sein, ein Stück Land zu besitzen, eine Frau zu haben und mit ihr eine Familie zu gründen, gemeinsam die Töchter und Söhne aufzuziehen, um schließlich, wenn die Zeit gekommen war, mit ihr zu sterben und zur Erde zurückzukehren? Langweilig? Beschaulich? Aufregend? Wie auch immer, Felippe klang zufrieden - als habe er die Fülle des Lebens kennengelernt, mit allen Höhen und Tiefen. Er liebte dieses Land; er liebte die Seinen, die Freunde, die Bekannten und hatte für sie gelebt, die ganze Zeit hindurch, und war noch immer glücklich. Nur einmal hatte Jahn ihn bisher gesehen, als er die Orangenbäume im hinteren Teil des Gartens schnitt. Da hatte der alte Mann ihn angelächelt mit seinen tiefen, glänzenden Augen und ihm etwas gesagt, das er nicht verstanden hatte. Und doch waren seine Worte in ihn gedrungen, hatten ein sonderbares Gefühl wachgerufen, einen Wunsch, eine vage Ahnung vom Leben.

Er stand auf und kleidete sich an. Als er zum Frühstücktisch kam, saßen dort schon die anderen, mit verschlafenen Gesichtern. Die ganze Nacht hatten sie durchgefeiert, doch er war diesmal früher zu Bett gegangen, hatte zu Anja gesagt, dass er allein sein wolle.

»Das haben wir gerne«, meinte Gerd. »Als erster in die Federn kriechen und als letzter aufstehen.«

Jahn reckte und streckte sich. »Was soll's? Ich fühle mich pudelwohl.«

»Wir haben gerade darüber gesprochen, ob wir heute Abend mal zum Abtanzen in die Disco gehen. Was meinst du?« fragte Udo.

»Von mir aus. Welche ist denn die beste?«

»Es gibt nur eine, und die ist spitze.«

Jahn setzte sich neben Anja. »Möchtest du Kaffee oder Milch?« fragte sie.

»Lieber Milch.« Er streichelte ihr durchs Haar. »Heute tanzen wir die ganze Nacht durch.«

Udo sah zu Birgit. »Was steht denn heute Nachmittag auf dem Programm?«

»Wir wollten doch irgendwann einen zweiten Ausflug nach Genua machen«, erinnerte sie.

»Wegen mir können wir fahren, aber nur wenn du versprichst, nicht wieder den ganzen Tag durch die Boutiquen zu rennen.«

»Ist ja schon gut. Ich beherrsche mich ja.«

»Okay, dann lasst uns nach dem Frühstück gleich aufbrechen«, meinte Gerd. »Ist noch genug Sprit im Wagen, Hanna?«

»Nein, wir müssen zuerst tanken.«

8. Kapitel

Der Himmel war blau, kein Lüftchen wehte, und überall, in jedem Baum und Strauch, machten Zikaden die Hitze hörbar, als Stefanie schweißdurchtränkt auf der kleinen Straße nach Portofino wanderte. Oh Mann, sie hatte es wahrhaftig getan. Jahn würde Augen machen, wenn er sie sähe. Doch zunächst musste sie ihn finden; sie wusste ja nicht, wo sich das Haus von Udos Eltern befand, nur dass es irgendwo am Meer lag. Aber auch das würde sie schaffen, so wie sie in den letzten zwei Tagen alles gemeistert hatte. Bereits am Morgen, nachdem sie sich den Traumapfel geholt hatte, war sie nach kurzem Abschied von Martin aus dem Haus gegangen - du liebe Güte, der war vielleicht ausgerastet - und nun hatte sie ihr Ziel fast erreicht. Am Horizont waren schon die Dächer des Städtchens zu sehen und auch der Leuchtturm am Meer. Sie holte tief Luft. Bald wäre sie bei Jahn, und dann hätten sie eine schöne Zeit.

An den ersten Häusern fragte sie die Bewohner nach dem Feriendomizil eines Deutschen, doch verstand man sie nicht und schickte sie ein paar Straßen weiter.

Schließlich war sie des Wanderns müde. Hungrig und durstig setzte sie sich in ein kleines Café, das zu einem Hotel gehörte. Ob sie Jahn heute noch finden würde? Immerhin war es schon später Nachmittag, und sie sprach kein Wort Italienisch. Da war es wohl besser, sich erst mal ein Zimmer zu nehmen, um das Gepäck abzustellen. Eine kleine Ruhepause konnte auch nicht schaden; die Reise hatte sie ziemlich geschafft.

Als sie erwachte, dunkelte es bereits. Sie sah auf die Uhr und erschrak. Fünf Stunden hatte sie geschlafen. Schnell sprang sie auf und schaute aus dem Fenster. Dort unten vor den Hauseingängen saßen Leute auf Stühlen und plauderten. Alles lag im matten Dämmerlicht. Nun war es wohl zu spät, um Jahn noch zu suchen. Aber sie konnte ja noch ein wenig bummeln gehen und einige Leute nach dem Lageort des Hauses fragen.

Es war angenehm, in der lauen Abendluft durch die Altstadt zu schlendern, vorbei an schummrigen Fischerkneipen, aus denen ein Wirrwarr von Stimmen drang, und durch enge, spärlich beleuchtete Gassen, deren Häuser sich oben zu berühren schienen. Sie hielt auf die Meerseite zu, wo einige Hotels aufragten und Touristen ihr Wesen trieben. Hin und wieder begegnete sie einem Schwarm von ihnen, vereinzelt auch Pärchen, die Hand in Hand durch die Dunkelheit flanierten oder eng umschlungen unter einer Laterne standen. Ach, hätte sie Jahn doch schon gefunden. Nach einer Weile hörte sie von irgendwo her die an- und abschwellende Musik einer Disco. Indem sie ihr folgte, gelangte sie zu einem Eingang mit großer Leuchtreklame, und da ihr ohnehin langweilig war, ging sie hinein, um sich kurz umzusehen. Drinnen schlug ihr ein kühler, parfümierter Schwall entgegen; von der Decke warfen Strahler schmale Lichtsäulen auf die Tische, und dort hinten tanzte eine Schar im flackernden Stroblight. Sie durchquerte den Raum und stellte sich an die Bar.

»Was darf es sein?« fragte der Kellner.

»Ein Bier, bitte.«

Derweil sie ihren Blick schweifen ließ, dabei gelegentlich an ihrem Bier nippte, sah sie drüben im Halblicht einer Sitzecke undeutlich die Gesichter von drei Jungen, die sie zu kennen glaubte. Sie reckte den Hals. - War das nicht Udo, der dort mit einem Mädchen im Arm saß? Etwas unsicher, ob sie nicht doch einer Täuschung aufgesessen war, näherte sie sich der Gruppe, als sie plötzlich ein erstauntes Augenpaar auf sich gerichtet fand: Es war Udo; er lachte und winkte. Nun erkannte sie auch Gerd, und daneben - das war doch Jahn! Aber... mit wem flirtete er denn da?! In dem Moment sah Jahn auf und erschrak. »Stefanie! Wie kommst denn du hierher?!« rief er und zog blitzartig seinen Arm von Anjas Schulter. Stefanie aber blieb stumm, stand da wie unter Schock; heiß und kalt war es in sie gefahren, als sie Jahn mit dem Mädchen erblickt hatte. Ihre Lippen bebten; ihre Gedanken rasten; sie wusste nicht, wie sie sich verhalten sollte; sie wusste gar nichts mehr. Nur schnell raus hier, dachte sie, wandte sich um und lief davon.

Jahn war wie von Sinnen. »Schnell! Lasst mich durch!« flehte er, stolperte auch noch und fiel der Länge nach hin, raffte sich fluchend auf und rannte ihr nach. Jetzt ging es um die Wurst; er musste ihr sagen, dass Anja ihm nichts bedeutete, ihr sagen, dass er nur sie liebte. Jetzt gleich musste er mit ihr reden, bevor es zu spät war. Hastig drängte er sich durch die Menge zum Eingang; wie im Fieber war er, schubste die Leute beiseite und blitzte sie verdrießlich an, doch als er nach draußen kam, war Stefanie nirgends zu sehen. Verzweifelt hastete er zur nächsten Ecke, dann zur anderen. Nicht zu fassen! Sie war verschwunden, wie vom Erdboden verschluckt. »Verdammte Scheiße!« brüllte er in die Nacht. Nun war sie extra den weiten Weg zu ihm gekommen - womöglich, weil sie ihn liebte, so wie er sie - und dann musste sie ihn mit Anja sehen, und alles war wieder im Eimer. Aber verflixt! Wie hätte er auch ahnen sollen, dass sie kommen würde!? Er hatte sich ja schon damit abgefunden, dass sie in Martin verknallt war. Wütend trat er gegen einen Laternenpfahl. »Ach, werde mir doch einer schlau aus den Weibern!« schimpfte er. Da hörte er neben sich Udos Stimme:

»Jahn, was ist denn eigentlich los? Du siehst ja aus wie vom Bus angefahren.« Er nahm ihn bei den Schultern. »Na, ich denke, ich weiß Bescheid. Du bist mir zwar immer ausgewichen, wenn ich dich nach Stefanie gefragt habe, aber irgendwie hatte ich schon die Vermutung, dass zwischen euch was läuft. Warum ist sie denn auf einmal hier?«

Jahn kamen die Tränen, und dann erzählte er Udo die ganze Geschichte: wie er Stefanie auf seiner Reise getroffen hatte, von den gemeinsamen Erlebnissen und dass er sie schrecklich liebte. Als er zu Ende war, sagte Udo:

»Da steckst du ja schön im Schlamassel. Mensch, was machen wir denn da?«

»Sicher ist sie so sauer, dass sie gleich wieder abfährt.«

»Glaub'ich nicht«, erwiderte Udo. »Die liegt jetzt in ihrem Hotelzimmer und denkt über die Sache nach. Und wenn sie tatsächlich vorhat, abzureisen, wird sie dich bestimmt noch mal sehen wollen, und dann hast du Gelegenheit, ihr alles zu sagen.« Er schüttelte den Kopf. »Ich kann's immer noch nicht fassen, dass ausgerechnet ihr zwei euch liebt, wo ihr doch in letzter Zeit wie Katz und Maus zueinander wart.«

»Ach, alles Scheiße!« fluchte Jahn. »Ich könnte mich so besaufen.«

»Nun beruhige dich mal. Wird schon werden. - Einen Trost hast du jedenfalls: Stefanie leidet mit dir.«

Er schluckte. »Meinst du?«

»Na klar, Mann! Hast du es denn nicht bemerkt? Die war doch so was von verstört, als sie dich mit Anja gesehen hat. Ich glaube, daran knackt sie noch eine ganze Weile. Die liebt dich, Mann! Das ist echte Liebe!«

Jahns Gesicht hellte sich auf. »Denkst du, sie fährt vielleicht nicht ab?«

»Nein! Ich hab's dir doch schon gesagt.« Er seufzte. »Mensch, musst du durcheinander sein.«

»Ach, ich weiß auch nicht«, entgegnete Jahn und ließ erneut den Kopf hängen. »Es ist alles so beschissen.«

»Nun pass mal auf. Morgen früh machen wir uns alle Mann auf die Socken und suchen sie. Bis dahin müssen wir eben cool bleiben.«

In dieser Nacht machte Jahn kein Auge zu. Unruhig lag er in seinem Bett, während seine Gedanken im Kreis herumjagten; ihm war heiß, und immer dachte er nur an Stefanie - Dass Liebe so weh tun konnte! Hoffentlich war sie nicht schon abgereist. Ach, nein! Das durfte nicht sein! Morgen würde er sie bestimmt finden, und dann würde er ihr alles erklären, und alles wäre gut.

Die Sonne stand noch nicht lange über dem Horizont, als er mit Udo, Gerd und den Mädchen durch die Straßen von Portofino zog und nach Stefanie fragte. Selbst Anja, die nun wusste, dass sie ihn verloren hatte, beteiligte sich eifrig.

Allmählich erwärmte sich die Luft, Stunde um Stunde, und so wie das Licht greller wurde, nahm die Hitze zu, bis ihnen schließlich der Schweiß im Gesicht stand. Immer wieder hatten sie dieselben Gassen durchstreift, sich in Hotels erkundigt und Ausschau gehalten, doch nirgends war eine Spur von Stefanie; niemand hatte sie gesehen oder von ihr gehört. Es schien hoffnungslos. Jahn war verzweifelt.

»Verdammt«, sagte er mit feuchten Augen. »Sie ist bestimmt schon weg. Hat doch alles keinen Zweck mehr!« Und bevor die anderen sähen, wie er losheulte, machte er sich davon.

»Jahn! Wo willst du denn hin?!« rief Udo ihm nach, aber Jahn drehte sich nicht um; er rannte die Straße hinab, rannte durch die ganze Stadt und sah durch einen Schleier von Tränen, wollte keinen Menschen mehr sehen und rannte und rannte - bis er am Meer ankam. Dort setzte er sich in den Sand und starrte stumm auf die Wellen, doch ihr Rauschen war ohne die sonstige Fülle, ohne Tiefe und ohne Trost. Eine lange Zeit saß er da, still und unbeweglich, und bald erschienen die ersten Sterne am Himmel, aber auch sie waren ohne Glanz, waren matt und wesenlos; nicht eine kleine Versprechung lag in ihnen, keine Freude, keine Aufmunterung. Das Meer rauschte, unentwegt; es machte sich nichts aus seinem Kummer, rauschte und schlug auf den Strand. Alles blieb unverändert, niemand nahm Anteil, und die Welt drehte sich weiter, obwohl er zuweilen glaubte, sein Schmerz müsse sie zum Stillstand bringen.

»Jahn«, hörte er es plötzlich hinter sich rufen. Wie aus einem Traum schreckte er auf. Eine Gestalt näherte sich im Zwielicht. »Jahn!« Er begann zu zittern. Dann stand sie vor ihm. »Jahn«, sagte sie leise, indem sie sich auf die Knie niederließ und ihm durchs Haar streichelte. »Jahn, Gott sei

Dank. Ich wollte gerade abfahren, da hat Udo mich gesehen und mir alles erzählt. Den halben Tag lang habe ich schon nach dir gesucht, und dann meinte Udo, du seist vielleicht hier am Strand.«

Jahn brachte kein Wort heraus, schaute sie nur an, so glücklich war er. Er sah, wie sie einen Gegenstand aus ihrem Beutel kramte.

»Ich habe dir etwas mitgebracht, Jahn.« Sie hielt ihm den Apfel vors Gesicht. »Es ist ein Traumapfel. Den habe ich selbst gepflückt. Ich möchte ihn mit dir teilen.« Dann zog sie ihn wieder zurück. »Aber vorher musst du noch wissen, dass es kein normaler Traumapfel ist; denke ihn dir als ganze Apfeltorte. Wenn du ihn also nimmst, fällst du hinein. Willst du das?«

Sein Gesicht erhellte sich. »Ja«, antwortete er bestimmt, und im gleichen Augenblick nahm er sie in den Arm und küsste sie. Da war ihm, als fielen die Sterne vom Himmel. »Ja«, wiederholte er und drückte sie ganz fest. Nun war er mit ihr auf der Rutschbahn, und nichts sollte sie mehr aufhalten.

Und so endet die Geschichte. Stefanie und Jahn haben danach noch viele Traumäpfel gesammelt und verbrachten noch märchenhafte Ferien, die schönsten, von denen man je gehört hatte - und sie sind glücklich miteinander geworden und sind es bis heute.

Obwohl diese Erzählung teils wahr, teils erfunden ist, sind die Traumäpfel nicht erfunden; sie liegen noch in genügender Anzahl gut versteckt, irgendwo zwischen Häusern, Flüssen und Bergen, unter Sträuchern und Bäumen, in Klassenzimmern, Schubladen und in den Herzen der Menschen. Macht Euch auf die Suche und sammelt soviel ihr nur finden könnt!

ENDE

NACHWORT

Um dieses Buch schreiben zu können, habe ich mich etwa vier Monate lang mit jungen Leuten im Alter zwischen sechzehn und zwanzig Jahren *herumgetrieben*, denn man selbst lebt ja in einer völlig anderen Welt, die es kaum gestattet, sich ein Urteil über die Welt der Jugendlichen zu bilden. Und dass junge Leute in einer anderen Welt leben, habe ich zur Genüge erfahren. Teils war es eine heilsame Erfahrung, teils eine etwas schmerzliche. Schmerzlich deshalb, weil man plötzlich merkt, *dass* man in einer anderen Welt lebt, einer Welt, die man landläufig auch die 'Mühle' nennt, vollgestopft mit Konventionen und den üblichen Schablonen, in deren starren Grenzen man sich bewegt. Nicht alle, aber viele junge Leute sind dagegen bestrebt, aus diesen Grenzen auszubrechen, erst gar nicht in die 'Mühle' hineinzugeraten. Sie leisten Widerstand, wiewohl sie von seiten der Erwachsenen einem erheblichen Druck ausgesetzt sind. Kurzum, junge Leute sind noch freier, natürlicher, haben meist einen unverstellten Blick für das Wesentliche: für das *Leben*, das uns Älteren oftmals abhanden gekommen ist. Die Gründe dafür sind vielschichtig und doch auch wieder so einfach. Selbst als Erwachsener muß man nicht ständig in der 'Mühle' leben. Es gibt Möglichkeiten, sich zu befreien, hin und wieder mal über seinen Schatten zu springen und etwas Außergewöhnliches zu tun. Diese Möglichkeiten existieren latent in unseren Köpfen; man muss sie nur aus dem Wirrwarr der Schablonen lösen, und dazu sind die Traumäpfel da. Sie zu suchen und zu erringen sollte unter anderem das Ziel des Menschen sein, ob jung oder alt.

Der Verfasser

Peter Kaufhold

HASENBROT

So wie einem Hund zuweilen das Fell juckt und es ihn verlangt, sich ausgiebig zu kratzen, so haben auch Kinder gelegentlich das Verlangen, ihre Mitmenschen mit Streichen zu necken. Und wer hätte als Kind nicht selbst den einen oder anderen Unsinn ausgeheckt und sich dann amüsiert?

So handelt auch dieses Buch vom Unsinn, den der Autor in eine ungewöhnlich amüsante, mit viel Lokalkolorit des Ruhrgebietes ausgestattete Geschichte zu verpacken versteht. Gleichwohl sie sich vornehmlich an die Erwachsenen wendet, um sie zu erinnern, wie sie selbst einst fühlten und dachten und mit welch verrückten Schelmereien sie manchmal ihre Mitmenschen unterhielten, wird sie auch Kindern und Jugendlichen viel Spaß bereiten - *ein Lesevergnügen für jung und alt.*

Wer „Die kleinen Strolche" liebt und den frechen, anarchistischen Witz dieser berühmten Stummfilm-Rasselbande, der wird auch an diesem Buch sein helles Vergnügen haben.

Wolfgang Platzeck
Westdeutsche Allgemeine Zeitung

ISBN 3-8311-0835-8
www.eschholtz.de

ROMAN · ESCHHOLTZ